Angie Pfeiffer

Nur wer fällt, kann fliegen lernen

Angie Pfeiffer

Nur wer fällt, kann fliegen lernen

Roman

Deutsche Erstausgabe
1. Auflage,
© 2018 by Angie Pfeiffer
Cover: Pixabay
Alle Rechte vorbehalten
Herstellung und Verlag:
BoD – Books on Demand, Norderstedt.
ISBN: 9783752809510

Forrest Gump:

Das Leben ist wie eine Schachtel Pralinen - man weiß nie, was man kriegt.

Zusatz von Tim Tulpenfeld:

Das Leben kann auch wie Graupensuppe sein. Man muss es mögen, sonst ist's schlecht.

Hallo, ich bin Tim. Also genau genommen ist Tim nicht mein richtiger Name. Eigentlich heiße ich Timotheus, Timotheus Tulpenfeld. Aber alle nennen mich Tim. Alle, bis auf meine Mutter. Sie hat den Namen Timotheus für mich ausgesucht, weil er bedeutungsvoll ist, sagt sie. Meine Mutter ist eine sehr fromme Frau, deshalb weiß sie eine Menge, jedenfalls was das kirchliche Zeug angeht. Sie hat mir erklärt, dass Timotheus ein Begleiter des heiligen Paulus war, selbst ein Heiliger und der Schutzpatron für Magenleidende. Hinzu kommt, dass Timotheus auch noch als Märtyrer gestorben ist. Wie er gefoltert wurde, das kann sie mir leider nicht sagen. Das ist schade, weil mich das mehr interessiert hätte als alles andere über den Typen.

Mein Vater hat als erster Tim zu mir gesagt. Er meint, dass Timotheus ein ziemlich bescheuerter Name ist und dass meine Mutter einen an der Waffel hat. Er traut sich das, denn er ist schon vor langer Zeit gegangen. Damit will ich nicht sagen, dass er sich nicht um mich kümmert oder so. Wir verstehen uns super und auch seine neue Frau, Ulrike, ist voll in Ordnung. Er ist eher vor meiner Mutter geflüchtet als vor der Verantwortung eine Familie zu haben. Mal ehrlich: ich kann ihn gut verstehen.

Meine Eltern haben sich von Anfang an nicht so besonders vertragen, glaube ich. Keine Ahnung, warum sie geheiratet haben. Vielleicht, weil meine Mutter unbedingt ein Kind haben wollte. Allerdings hat sie dann mich bekommen. Das ist ein Problem für sie, weil sie nicht besonders einverstanden ist mit allem, was ich mache. Das war schon von Anfang an so, weil ich ihr immer nur Schwierigkeiten gemacht habe, sagt sie. Es ging schon mit meiner Geburt los. Ich habe ihr große Schmerzen bereitet. Zudem war ich zu lange im Geburtskanal. Das sagt jedenfalls meine Mutter. Aber sie betont immer, dass ich nicht behindert bin. Weil es in ihrer Familie noch nie einen Behinderten gegeben hat. Das hat mich wieder froh gemacht. Wer ist schon gern behindert.

Später bin ich dann nicht so besonders gut in der Schule gewesen. In der ersten Klasse hat die Lehrerin versucht, mich in die Sonderschule abzuschieben, aber das hat meine Mutter verhindert. So bin ich auf der ganz normalen

Grund- und später der Hauptschule geblieben und habe mich durchgemogelt.

Das Rechnen fällt mir nicht so leicht und das Lesen erst recht nicht. Ich kann mir alles viel besser merken, wenn jemand es mir erklärt. Dann behalte ich es bombensicher und kann es jederzeit abrufen. Das ist genau so wie mit Filmen, die mich interessieren. Irgendwie kann ich mich unheimlich gut an einzelne Szenen und Dialoge erinnern. Dazu muss ich einen Film nur einmal gesehen haben.

Ich mag Sylvester Stallone und Bruce Willis, bei denen weiß man immer, wo man dran ist. Ich meine, sie kämpfen für das Gute und am Ende gewinnen sie immer.

***

Meine Mutter hatte seit ich denken kann im Wohnzimmer auf dem Sofa übernachtet. Dort lag sie meistens schon am späten Nachmittag und übte die uneingeschränkte Macht über die Fernbedienung aus. Es war immer schon sinnlos, meine Mutter irgendwie beeinflussen zu wollen. Deshalb schauten Papa und ich auch einfach die Sendungen an, die sie aussuchte.

Oder wir beschäftigten uns anderweitig. Ich meistens in meinem Zimmer und Papa im Keller, wo er herumbastelte, bis es Schlafenszeit war. Dann ging mein Vater ins Schlafzimmer und schlief dort im Doppelbett. Als ich klein war, ist es mir ganz normal vorgekommen, dass meine Eltern nicht zusammen schliefen. Ich fand es ganz gut. Weil, wenn ich nachts einen Alptraum hatte, dann bin ich immer zu meinem Papa ins Bett gekrabbelt. Einfach aus praktischen Gründen. Dort war jede Menge Platz, wogegen es bei meiner Mutter im Wohnzimmer auf dem kleinen Sofa eng geworden wäre mit zwei Personen.

Einmal, da war ich schon älter, bekam ich mitten in der Nacht Durst und ging in die Küche. Dabei kam ich am Wohnzimmer vorbei. Weil der Fernseher noch an war und die Tür nur angelehnt, blieb ich kurz stehen und schaute durch den Türspalt. ‚Vielleicht läuft ein interessanter Film, von dem ich ein Stück mitgucken kann', dachte ich mir. Aber ich irrte mich, es gab nämlich gerade die Nachrichten. Dafür sah ich meinen Vater, der neben meiner Mutter auf dem Sofa saß. Eine Hand hatte er auf ihre Schulter gelegt. Dabei war wohl die Decke verrutscht, die sich meine Mutter aber schnell wieder bis zum Kinn hochzog, obwohl sie ein dickes Nachthemd anhatte. So ein Ding mit komischen Rüschen und Plüsch. Dabei schüttelte sie Papas Hand ab. So, als ob sie ihr lästig wäre.

„Aber Gisela, ich will doch nur zärtlich sein", murmelte mein Vater.

Mutter zuckte zusammen. „Heiliger Jesus, Maria und Josef", rief sie panisch aus.

„Ist schon gut, Gisela. Das sind mir entschieden zu viele Personen hier auf der Couch. Du und Jesus plus Maria und Josef und wahrscheinlich auch noch der Heilige Geist", sagte er ganz freundlich, aber es hörte sich resigniert an. So, als hätte er es aufgegeben sich mit ihr auseinanderzusetzen.

Ich lief schnell in die Küche, weil meine Eltern nicht merken sollten, dass ich gelauscht hatte. Papa kam auch in die Küche und nahm sich ein Bier aus dem Kühlschrank. „Na, mein Junge, auch umtriebig", murmelte er.

Ich wusste nicht so genau, was ich antworten sollte, deshalb trank ich einfach weiter von meinem Glas mit Wasser. Papa klopfte mir sacht auf die Schulter. „Was auch passiert, wir sind ein Team." Das klang irgendwie traurig.

Kurz danach zog er aus.

Inzwischen lebt er mit Ulrike zusammen, die er kurz nach der Scheidung meiner Eltern geheiratet hat. Sie ist schwer in Ordnung. Noch besser: sie ist überhaupt nicht fromm. Jedenfalls habe ich sie noch nie betend auf den Knien gesehen und in die Kirche geht sie auch nicht zweimal in der Woche. Ich glaube, sonst hätte Papa sie auch nicht geheiratet.

Damals, als er ausgezogen ist, war das schon ganz schön komisch für mich. Er erklärte mir, dass er einfach nicht mehr mit meiner Mutter klar kommen könne und das keiner Schuld daran hätte. Am wenigsten ich. Und er fügte hinzu, dass er endlich leben wolle und nicht immer nur sparen, knausern und beten. Das war nachzuvollziehen. Immer hieß es bei meiner Mutter: „Zieh die Jeans aus und deine alte Jogginghose an, sonst verschleißt du die Sitzmöbel" und „Um Gottes Willen, wir haben kein Geld, um weg zu fahren. Urlaub, das ist viel zu teuer". Mal abgesehen von dem ewigen Beten. Wenn sie wenigstens allein in die Kirche gegangen wäre. Das hätte mich nicht gestört. Aber sie bestanden darauf, dass Papa und ich mitkamen. Papa machte das nach einer Weile einfach nicht mehr. Ich hatte weniger Glück. Wie ich schon sagte, ist es fast unmöglich meiner Mutter zu widersprechen. Heute gelingt es mir gut, aber damals hatte ich keine Chance gegen sie.

Unser Haus überschrieb Papa kurz vor seinem Auszug an meine Mutter. Er sagte mir, dass ich es später einmal bekommen sollte, als Erbe. Das freute mich, weil es mir ein Stück Sicherheit gab. Damals dachte ich, dass wenigstens das Haus bleiben würde, wenn unsere Familie schon auseinanderbrach. Leider irrte ich mich gründlich.

Es dauerte gar nicht lange, bis meine Mutter einen Freund hatte. Hansi war ein Doktor. Also jetzt kein Arzt. Was für eine Art von Doktor er war, das weiß ich bis heute nicht genau. Zudem war er der Chef meiner Mutter. Sie hatte schon immer eng mit ihm zusammengearbeitet, meinte sie. Dabei lächelte sie, was ihr Gesicht für einen Moment richtig weich und nett erscheinen ließ. Leider konnte er sich nicht scheiden lassen, weil seine Frau so geldgierig war und ihm das letzte Hemd ausgezogen hätte, klärte mich meine Mutter auf.

Ich weiß wirklich nicht, weshalb sie mir solche Sachen erzählte. Es war mir völlig egal, ob er geschieden war oder nicht. So wie mir der Typ überhaupt egal war. Ich war heil froh, wenn ich ihn nicht sah. Ständig ließ er raushängen, dass er Doktor von irgendwas war. Nebenher erzählte er unwitzige Witze. Einzig meine Mutter lachte darüber, aber ihr blieb nichts anderes übrig, weil sie ja seine Freundin war. Vielleicht tat es ihr auch leid, wenn niemand sich über seine merkwürdigen Witze amüsiert. Jedenfalls zog meine Mutter aus. Zu Hansi. Natürlich wohnte sie nicht mit Hansis Frau zusammen, die hat ein eigenes Haus. Für meine Mutter und sich kaufte der Typ einen Riesenschuppen mit Sauna und Doppelgarage und so. Egal was er für eine Art von Doktor war, er verdiente auf jeden Fall ziemlich viel Geld damit.

Unser Haus wurde vermietet. Na ja, nicht ganz. Im Dachgeschoss gab es zwei Zimmer mit einer kleinen Küche. Hier wohnte meine Oma, bis sie gestorben ist.

„Timotheus, du bist jetzt fast achtzehn Jahre alt und musst auf eigenen Füßen stehen", erklärte mir meine Mutter. „Weil dein Vater uns so gemein verlassen hat, muss ich mich neu orientieren. Schließlich will ich im Alter nicht allein dastehen. Deshalb ziehe ich zu Hansi. Du lebst ab sofort in Omas alter Wohnung. Schließlich muss jemand darauf achten, wie die Mieter mit unserem Haus umgehen. Wenn es Unregelmäßigkeiten gibt, musst du mir sofort Bescheid geben."

Es passte mir überhaupt nicht, dass sie, so wie bei jeder Gelegenheit, schlecht über Papa redete, aber ich sagte nichts dazu, sonst hätte sie sich nur aufgeregt. So zog ich kommentarlos nach oben. Die Mieter waren ganz in Ordnung. Wir kümmerten uns nicht besonders umeinander. Ich hatte keine Ahnung, was meine Mutter mit Unregelmäßigkeiten meinte. Vielleicht, dass die Mieter die Mülltonnen nicht vor die Tür stellen würden? Damit hatte ich aber nichts zu tun, weil Mutter darauf bestand, dass ich meinen Müll zu ihr brachte, sonst hätte sie einen Anteil an den Müllgebühren bezahlen müssen. Überhaupt hatte ich keine Zeit, um mich um die Mieter zu kümmern, weil ich ziemlich viel lernen musste. Ich war nämlich zu dieser Zeit in der Ausbildung und die Gesellenprüfung rückte immer näher.

Meine Mutter hatte gemeint, dass ich Gas-und Wasserinstallateur lernen sollte, weil ich dann später gut Schwarzarbeit machen könnte, wie mein Opa das gemacht hat. Weil er nämlich auch Klempner war. Er hatte mich früher öfter mitgenommen, wenn er am Wochenende arbeitete. Dann sagte er hinterher immer: „Tim wird mal ein ganz prima Handwerker, genau wie ich es bin. Dem liegt das Klempnerwesen im Blut."
Dabei saß ich bloß dabei, wenn Opa herumwühlte und fand das eigentlich ziemlich öde, blöd und schmutzig. Aber weil Opa so einen Spaß daran hatte, dass ich ihn begleite, ging ich halt mit.
Ganz früher war ich überhaupt meistens bei meinen Großeltern, weil Omi jeden Tag für meine Mutter und mich kochte und für Opa natürlich auch. Papa bekam kein Essen, weil es in seiner Firma eine Kantine gab. Das bestimmten Omi und Mutter so. Im Garten gab es jede Menge Apfelbäume. Die waren nicht

nur gut zum Klettern. Im Herbst wurde ton-
nenweise Apfelmus eingekocht. Das bekam
ich zu jedem Essen von meiner Oma, weil ich
es so gern mochte und weil das Apfelmus bis
zum nächsten Herbst reichte.

Dann starb Opa und Omi zog zu uns. Eigentlich war das noch besser. Omi kochte immer
noch mittags für meine Mutter und mich und
machte jetzt zusätzlich auch noch bei uns sauber. Opa vermisste ich nicht sonderlich. Er
hatte meistens in der Garage gesessen, ge-
raucht und nicht geredet. Alles war super, aber
dann fiel Omi einfach um und war tot. Herzin-
farkt, sagte der Doc und dass man da nichts
machen könnte. Meine Mutter fand sie in der
Küche, da war sie schon länger tot.

In der ersten Zeit nach der Beerdigung sprach
meine Mutter überhaupt nicht. Das war in
Ordnung und gut zu verstehen, wegen des
Schocks. Aber dann drehte sie total durch und
meckert Papa und mich noch öfter an als vorher.

Die Ausbildung zum Gas-und Wasserinstallateur musste ich jetzt erst recht machen, wegen
Opa. „So führst du eine Tradition fort", meinte

meine Mutter. „Opa war mit Leib und Seele Klempner.

Ich hätte viel lieber einen Beruf ergriffen, der mit Autos zu tun hat. Rennfahrer wäre toll gewesen. Natürlich wusste ich, dass das nicht machbar war. Aber Brummifahrer, das hätte mir damals auch Spaß gemacht oder wenigstens Autos reparieren.

„Timotheus! Du spinnst, wie immer", giftete meine Mutter, als ich ihr das sagte. „Gas und Wasser, das ist ein guter Beruf. Da kannst du schwarz arbeiten und dir eine goldene Nase verdienen. Vielleicht kannst du sogar irgendwann eine eigene Firma aufmachen. Das hätte Opa gefallen." Damit war die Diskussion beendet. Meine Mutter bewarb mich bei meinem Ausbildungsbetrieb, als Gas - und Wasserinstallateur. Leider war die Ausbildung genauso öde, wie ich mir das vorgestellt hatte. Meine Aufgabe bestand darin, mit der Schneidkluppe die Gewinde auf den gebrauchten Reduzierstücken nachzuarbeiten. Tagein, tagaus und nichts anderes. Das lag daran, dass der Meister ein ziemlich mieser Typ war. Er ließ mich zuerst ein paar Mal andere Sachen machen und nahm mich auch mit zu den Baustellen.

Wenn ich nicht gleich verstand, was er meinte, dann schrie er mich sofort mörderisch an. Dadurch wurde ich natürlich erst recht nervös und verstand überhaupt nichts mehr. Schließlich wollte ich nichts falsch machen, damit er mich nicht noch einmal anbrüllte. Das Ende vom Lied war, dass ich bis zum Ende meiner Ausbildung in einer Ecke der Werkstatt stand und Gewinde nacharbeitete. Aber eigentlich machte mir das nichts aus, weil es besser war, als sich vom Meister ständig anschreien und als Depp hinstellen zu lassen.

***

Einerseits war es schön, allein zu wohnen, weil einem keiner Vorschriften machte. Andererseits war es aber auch schwierig für mich, weil mir keiner sagte, was ich tun sollte. So hing ich am Abend und an den Wochenenden einfach ab. Oder ich zockte ‚Die Sims' oder ‚Counter-Strike'.
Als ich dann den Führerschein gemacht hatte, fuhr ich zusätzlich mit meinem alten Golf herum, wenn das Geld fürs Benzin reichte. Bei

einer dieser Fahrten stieß ich mit Linda zusammen.

Der Tag war ziemlich mies für mich gelaufen. Der Meister hatte wieder einmal eine grottenschlechte Laune. Den ganzen Nachmittag hackte er auf mir herum. Am Abend bekam ich zu allem Überfluss auch noch Besuch von meiner Mutter. Sie hatte mein Konto gecheckt und festgestellt, dass ich mir Geld abgehoben hatte.

„Ich bringe dir regelmäßig Lebensmittel vorbei, damit es dir gut geht und nichts ausgeben musst und du plünderst hinter meinem Rücken das Konto?", fuhr sie mich direkt beim Hereinkommen an. Einen Moment überlegte ich, ob ich ihr erzählen sollte, dass ich das Geld für eine Reparatur am Auto brauchte, verwarf diesen Gedanken aber. Sie würde sowieso herausfinden, dass der Golf gar nicht kaputt war. Also sagte ich ihr die Wahrheit: „Ich möchte mir unbedingt das Spiel ‚Die 24 Stunden von Le Mans' kaufen."

Sie musterte mich kühl. „Was soll das für ein Blödsinn sein? Hat dein Vater dir wieder irgendeine Spinnerei in den Kopf gesetzt?"

„Nein! Das ist ein Spiel für meine Play-Station. Es ist eine super coole Rennsimulation. Es ist sogar möglich, vierundzwanzig Stunden an einem Stück, also die Echtzeit zu fahren. Aber natürlich kann man das Spiel auch abbrechen und später fortsetzten ...“

„Eben, das sage ich doch, unnützer Blödsinn. Du wirst das Geld nicht dafür zum Fenster hinauswerfen“, unterbrach sie mich und steckte die Hand aus. „Her damit, ich zahle es wieder auf dem Konto ein.“

Das war das I-Tüpfelchen an diesem sowieso schon miesen Tag. Vor lauter Wut und Frust wurde mir ganz heiß. „Es ist mein Geld, von meinem Konto, auf das mein Arbeitgeber meinen Lohn überweist. Es ist genug Geld auf dem Konto. Ich werde mir das Spiel auf jeden Fall kaufen! Ganz egal was du sagst!“ Für einen Augenblick wurde mir schlecht, weil es das erste Mal war, dass ich meiner Mutter offen widersprach. Aber ich war so mies drauf, dass mir alles egal war.

Meine Mutter musterte mich von oben bis unten. „Wenn ich nicht aufpasse, dann verprasst du das ganze Geld, das du verdienst“, sagte sie mit eiskalter Stimme. „Du bist genau wie dein Vater, der kann auch nicht mit Geld umgehen. Das wird seine neue Frau schon noch merken."

„Verflixt, ich hab' dir gesagt, du sollst Papa aus dem Spiel lassen. Er redet nie schlecht über dich, obwohl er allen Grund dazu hätte. Ich will nichts mehr über ihn hören! Und das Spiel kaufe ich mir doch. Basta und Ende."

Kurzentschlossen ging ich ins Badezimmer, schloss mich dort ein, setzte mich auf die Toilettenbrille und wartete, was passieren würde. Zu meinem Erstaunen passierte gar nichts, außer, dass meine Mutter die Wohnungstür beim Hinausgehen unsanft ins Schloss warf. Vorsichtshalber wartete ich noch eine Weile, ehe ich aufschloss und um die Ecke lugte. Sie war tatsächlich weg. Und das, ohne mir das Geld abgenommen zu haben! Meine Mundwinkel zogen sich ganz von allein nach oben und mein Arm streckte sich mit geballter Faust in die Luft.

„Yeah!"

Ich hatte mich echt durchgesetzt. Doch bevor ich meinen Sieg richtig auskosten konnte, klingelte das Telefon.

Ehe ich überhaupt etwas sagen konnte, pestete sie los: „Hier ist deine Mutter. Glaub nicht, dass ich mit dir fertig bin. Was fällt dir ein, mich einfach stehen zu lassen und dich einzuschließen wie ein kleines Kind! Aber von dir war nichts anderes zu erwarten. Weil du dich benimmst wie ein Sechsjähriger, werde ich dich so behandeln und dafür sorgen, dass du keinen Zugriff mehr auf das Konto hast! Wenn du in Zukunft Geld brauchst, dann kannst du mir Bescheid geben. Ich regle das dann." An dieser Stelle musste sie offenbar Luft holen. Sie schwieg für einen Atemzug, um noch einmal nachzutreten. „Ein kleiner Tipp am Rande: Falls du irgendwann eine Freundin suchst, dann achte besser darauf, dass sie genauso dumm und kindisch wie du ist, sonst kannst du sie nicht halten." Nach dieser fiesen Bemerkung legte sie auf.

Ich stand da, starrte den Hörer an. Bitterkeit machte sich in mir breit. Sie würde ihre Drohung wahr machen, das wusste ich ganz genau. In Zukunft würde sie mir das Geld noch mehr einteilen. Was richtig weh tat war ihre letzte Bemerkung. Sie wusste ganz genau, dass ich sehr gern eine Freundin gehabt hätte.

Leider hatte ich bisher kein Glück mit meiner Suche gehabt. Immer wenn ich eine nette Frau gefunden hatte stellte sich heraus, dass sie schon vergeben oder nicht interessiert war. Es war eben nicht einfach mit den Frauen. Ist es übrigens immer noch nicht. Sie sind kompliziert und schwer zu verstehen.

Ich war ganz schön down und beschloss eine Runde zu fahren, um mich abzureagieren. Also schnappte ich mir die Autoschlüssel und fuhr planlos herum. Nach einer Weile ging es mir etwas besser weil mir einfiel, dass ich vielleicht mit Papa über die ganze Geschichte reden könnte. Also nicht über eine Freundin, sondern über die Kontosache. Vielleicht wusste er eine Lösung.

Inzwischen war es dämmerig geworden. Ich beschloss auf dem schnellsten Weg nach Hause zu fahren und bog rechts ab in eine kleine Nebenstraße. Ehe ich es mich versah, gab es einen Bums an der Beifahrerseite. Erschrocken hielt ich an. Am Auto waren nur ein paar Schrammen und auch das Fahrrad, das in meine Beifahrertür gedonnert war sah nicht besonders kaputt aus. Das blonde Mädchen allerdings war aufs Knie gefallen und das blutete etwas. Aber wenigstens war das Mädchen schon aufgestanden.

„Sag mal, du Blödhammel, hast du keine Augen im Kopf?", schrie es mich an.

Ich senkte beschämt den Blick, denn sie hatte ja Recht. Ich hatte das Fahrrad samt Fahrerin völlig übersehen. „Es tut mir schrecklich leid", murmelte ich. „Ich habe dich tatsächlich nicht gesehen."

„Na toll. Wenn was am Fahrrad ist, dann wirst du das bezahlen." Sie beugte sich hinunter und tupfte sich das Knie mit einem Tempotuch ab. Es blutete schon gar nicht mehr. „Was für ein Glück, dass ich aufgepasst habe. Wenn ich schneller gefahren wäre, dann wäre wer weiß was passiert", stellte sie fest. Dabei klang sie schon nicht mehr ganz so giftig.

Ich schaute mir das Fahrrad noch einmal an. „Ich glaube, dass dein Fahrrad in Ordnung ist. Falls nicht bezahle ich dir ganz klar die Reparatur. Gut, dass du einen Rock anhast und keine Hose, sonst wäre die bestimmt kaputt", sagte ich immer noch zerknirscht, konnte aber nicht umhin zu registrieren, dass sie verflixt schöne Beine hatte, die in dem kurzen Rock gut zur Geltung kamen. Überhaupt war die Radfahrerin eine hübsche Person.

„Na klasse, lieber ein kaputtes Bein, als eine kaputte Hose. Das ist auch ne Logik", konterte sie. „Okay, wie geht es jetzt weiter?"

Das wusste ich auch nicht so genau. Bis zu diesem Zeitpunkt hatte ich nämlich noch keinen Unfall gehabt. „Vielleicht ist es das Beste, wenn wir das Fahrrad sofort nachschauen", überlegte ich laut. „Dann weißt du gleich Bescheid, ob was dran ist und ich auch. Ich wohne hier gleich in der Nähe. Sollen wir schnell zu mir fahren und das checken? Oder hast du was vor? Ich heiße übrigens Tim, Tim Tulpenfeld und wohne im Fasanenweg keine fünf Minuten von hier. Komisch, dass ich dich bisher noch nicht gesehen habe. Du wärst mir bestimmt aufgefallen."

Sie sah mich zweifelnd an. „Ich bin Linda. Bin zu Besuch bei meiner Tante. Eigentlich wohne ich in Hannover. Ich hätte schon etwas Zeit ...", sie stockte.

„Alles klar. In meiner Hauseinfahrt ist super Licht. Da sehen wir gleich, ob tatsächlich was am Fahrrad ist. Aber das glaube ich, wie gesagt, nicht. Du kannst mir echt trauen, ich gehöre zu den Guten", grinste ich und lud das Fahrrad kurzentschlossen in den Kofferraum. Es passte nicht ganz, aber für die paar Meter würde das schon gehen.

„Okay." Linda setzte sich auf den Beifahrersitz. „Wahrscheinlich ist es tatsächlich besser, wenn wir gleich mal nachschauen."

Bei mir zu Hause angekommen stellten wir fest, dass das Fahrrad den Crash ohne eine einzige Macke überstanden hatte, worüber ich echt froh war. Allerdings war meine hintere Stoßstange ziemlich zerkratzt, weil das Fahrrad ja nicht ganz ins Auto gepasst hatte. Aber das machte mir nichts aus. Der Golf war eh ziemlich alt und vermackt. Linda gefiel mir richtig gut. Ob ich es wagen sollte, sie auf eine Cola in meine Wohnung einzuladen? Unentschlossen kratzte ich mir den Kopf.

„Hast du vielleicht ein Glas Wasser?"

Langsam sickerte dieser Satz von ihr in meinen Hirnkasten. Ich konnte sie nur verblüfft anschauen.

„Hallo, Erde an Tim Tulpenfeld. Ich habe Durst. Hast du ein Glas Wasser für mich?", versuchte es Linda erneut. Dabei sah sie ziemlich amüsiert aus.

Ich löste mich aus der Erstarrung. „Ja klar, komm doch mit hoch. Ich wohne nämlich oben im Haus. Ich habe Wasser, Cola, Zitronentee und ...“

„Wasser genügt“, grinste sie.

In meiner Wohnung angekommen sah sie sich interessiert um. „Du wohnst allein“, stellte sie fest. Wahrscheinlich merkte sie das gleich, weil ich nicht aufgeräumt hatte. Zudem stapelte sich in der Küche das schmutzige Geschirr von den letzten Tagen. Deshalb holte ich Wasser und Cola ins Wohnzimmer und machte die Küchentür lieber zu. „Ja, ich wohne allein“, antwortete ich. „Aber es ist Platz genug für zwei hier“, fügte ich hinzu. Plötzlich fühlte ich mich toll und ganz schön mutig. Schließlich war diese Superfrau mit zu mir gekommen, saß jetzt auf dem Sofa neben mir und nippte an ihrem Wasserglas.

„Ach ja? Hast du denn keine Freundin?“, fragte Linda und das klang interessiert.

„Nein, hab' ich nicht, leider.“

Darauf antwortete Linda nicht, sondern sah mich weiter an. So richtig wusste ich nicht, was ich machen sollte. Zudem wurde mir heiß. Also stand ich auf, setzte mich verlegen ihr gegenüber in einen Sessel und sagte das Erstbeste, das mir einfiel. „Jedenfalls ist mit dem Fahrrad alles in Ordnung und dein Knie sieht auch schon gut aus. Du kannst direkt wieder losradeln ...“ Ich klappte schnell den Mund zu. Mist, da saß eine tolle Frau und ich erzählte ihr, dass sie wegfahren sollte.

Linda schien das auch so zu sehen. Sie setzte ihr Glas auf dem Tisch ab. „Na dann, ist ja noch mal gut gegangen.“ Sie stand auf und steuerte die Tür an. „Ich will dann mal los.“

Schnell sprang ich auf und lief ihr hinterher, wobei ich fieberhaft überlegte, was ich sagen konnte, um sie zum Bleiben zu bewegen. Leider fiel mir nicht das Richtige ein. Linda hatte inzwischen die Wohnungstür geöffnet und drehte sich noch einmal um. „Tschüss, du“, sagte sie. Plötzlich hatte ich eine Eingebung. „Hast du morgen schon was vor? Die Kirmes fängt nämlich morgen an, klar, ist ja Samstag. Wir könnten am Nachmittag oder Abend hingehen. Wenn du mir verrätst, wo deine Tante wohnt, dann kann ich dich gern abholen“, fügte ich hinzu.

„Das ist keine schlechte Idee. Ich hätte am späten Nachmittag Zeit und am Abend auch.

Du kannst mir ein Eis ausgeben, als Wieder-gutmachung", lächelte Linda mich an.

„Abgemacht. Wann und wo soll ich dich also abholen?", fragte ich atemlos und ungläubig, weil sie mir wirklich eine Chance gab.

***

Am nächsten Nachmittag stand ich schon eine halbe Stunde vor der verabredeten Zeit in der Straße, in der Lindas Tante wohnt. Ich wollte zu der ersten Verabredung, die ich mit einem Mädchen hatte nicht zu spät kommen. Unge-duldig wartete ich bis die Zeit passend war, stiefelte dann entschlossen durch den Vorgar-ten und betätigte die Klingel. Nach einer gan-zen Weile öffnete sich die Tür, Linda schob sich nach draußen. Wieder sah sie total gut aus, obwohl sie heute eine Jeans trug, die aber ziemlich eng war, besonders hinten an ihrem Po.

„Hallo", murmelte ich überwältigt.

„Hallo Tim. Wollen wir los?" Wieder dieses Lächeln, das mir die Knie weich werden ließ.

„Ja, klar, mal los."

Auf der Kirmes angekommen steuerte ich gleich den Eisstand an, weil ich Linda ja ein Eis ausgeben sollte. „Welches Eis möchtest du haben?", erkundigte ich mich.

Linda schien etwas überrascht. „Oh, ja, stimmt. Du hast nicht vergessen, dass du mir ein Eis schuldest. Ich nehme Erdbeere und Schokolade."

Mit unseren Eistüten in der Hand schlenderten wir über die Kirmes. Wieder fiel mir nicht so richtig ein, was ich sagen sollte. Damit ich nicht irgendeinen Blödsinn redete, sagte ich lieber gar nichts.

„Du bist aber schweigsam", stellte Linda schließlich fest.

Ein Schlag auf die Schulter ließ mich zusammenzucken. „Tim, du alte Schnarchnase. Wie kommst du an die tolle Frau?" Kevin, ein Arbeitskollege stand hinter mir und grinste breit. Schnell schaute ich zu Linda, die Kevin interessiert musterte.

„Hallo, ich bin Linda", sagte sie und strahlte ihn an.

„Kevin, ich bin ein Arbeitskollege von Tim." Er grinste dreckig. „Ich habe euch schon vorhin gesehen und wollte nicht glauben, dass der

Tulpenfeld mit so einer Superfrau herumläuft. Du hast ein Glück." Den letzten Satz murmelte er in meine Richtung.

„Wir sind nicht zusammen, oder so. Wir haben uns gestern erst kennengelernt. Genauer gesagt hat Tim mich beim Abbiegen mit dem Auto von Fahrrad geholt. Es ist aber nichts weiter passiert, als dass ich mir das Knie aufgeschürft habe. Deshalb haben wir beschlossen, dass Tim mir als Wiedergutmachung ein Eis ausgibt", klärte Linda auf.

„Ach, und er hat dir ein Hörnchen gekauft? Eisdiele ist nicht drin", grinste Kevin. Ich hätte ihn erwürgen können, allein für diese Bemerkung. Kevin war mir sowieso ziemlich unsympathisch. Er ließ keine Gelegenheit aus, um dumme Bemerkungen über mich zu machen. Wenn es möglich war, so ging ich ihm lieber aus dem Weg. Lautlos fluchte ich vor mich hin. Hätte ich ihn bloß früher gesehen, dann wäre ich woanders lang gegangen.

„Du kannst mich ja in die Eisdiele einladen." Mir blieb der Mund offen stehen, denn Linda lächelte Kevin immer noch an. Sie schien völlig vergessen zu haben, dass sie mit mir verabredet war.

„Ich kann dich auch einladen", erklärte ich schnell. „Ich habe nicht daran gedacht, weil wir uns doch die Kirmes ansehen wollten. Gehen wir jetzt mal weiter?"

„Wisst ihr was, ich komme mit. Hab' sowieso nichts weiter vor", sagte Kevin, was mich natürlich ziemlich ärgerte. Das schien bei Linda nicht der Fall zu sein. Während wir weiter über die Kirmes schlenderten, unterhielt sie sich meistens mit Kevin. Er hatte, im Gegensatz zu mir, kein Problem mit der Unterhaltung, sondern textete sie zu. An der Schießbude hielten wir an. Endlich sah ich eine Chance, um bei Linda zu punkten, denn schießen kann ich richtig gut. „Was möchtest du haben?", fragte ich sie siegessicher.

„Oh, willst du mir etwas schießen?"

Jetzt hatte ich ihre Aufmerksamkeit. „Ja, sag was du haben willst."

„Den kleinen roten Teufel dort drüber", erklärte sie und wies auf ein mittelgroßes Stofftier.

„Kein Problem!" Ich legte an und zielte sorgfältig auf die kleinen Tüllen, die es abzuschießen galt. Wie erwartet ergab jeder Schuss einen Treffer. Bald überreichte ich Linda das gewünschte Teufelchen.

„Danke. Du kannst wirklich gut mit dem Gewehr umgehen." Endlich war ihr Lächeln wieder bei mir angekommen.

Aber nicht lange.

„Was meinst du, wie ich mit dem Gewehr umgehen kann", tönte Kevins Stimme. „Da kannst du Tim vergessen. Aber ich gönne ihm seinen Erfolg. Sonst kriegt er nachher noch Depressionen." Er schlug mir wieder auf die Schulter. Gern hätte ich ihm das Grinsen aus dem Gesicht geprügelt, aber ich hielt mich zurück. Schließlich wollte ich keinen Ärger haben. Irgendwie hatte ich auch die Lust auf Kirmes verloren. „Was meinst du? Sollen wir den Tag dann mal abschließen?", fragte ich Linda. „Ich bringe dich gern wieder zu deiner Tante zurück."

Sie schaute mich einem Moment irritiert an, jedenfalls kam mir das so vor. „Ja, wenn du meinst ...", sagte sie gedehnt.

„Ich bin auch noch da. Wenn du Lust hast, dann bleib ruhig", mischte sich Kevin schon wieder ein. Linda schien einen Moment zu überlegen. Dann sagte sie: „Lass mal, ich bin mit Tim hier her gekommen. Ich gehe auch mit ihm."

Was mich sehr freute. Der nächste Satz freute mich allerdings weniger. „Du kannst mir ja mal ne SMS schicken, die Nummer ist, Moment", mit diesen Worten fischte sie ihr Handy aus der Tasche und nannte Kevin ihre Handynummer. Der tippte sie auch gleich in sein Handy ein. Nach dieser Aktion hakte sich Linda bei mir unter. „So, jetzt können wir."

Ich wusste nicht so richtig, was ich von all dem halten sollte. Deshalb redete ich auch auf der Rückfahrt nicht so viel. Zu meiner Überraschung sagte Linda plötzlich: „Sollen wir noch mal zu dir fahren. Wir können eine Cola trinken oder so ..."

Das ‚oder so' klang vielversprechend. Also nickte ich und steuerte meine Wohnung an.

Bei mir zu Hause angekommen machte sie es sich direkt auf dem Sofa bequem. Während ich Cola aus dem Kühlschrank holte, streifte sie die Schuhe ab und zog die Beine an, was sehr scharf aussah. Ich stellte die Cola ab und setzte mich ziemlich nah neben sie.

„Was machst du so, wenn du nicht gerade arbeitest?", fragte sie interessiert.

„Ich lerne für meine Gesellenprüfung, zusammen mit einem Vater."

„Und wenn du nicht lernst? Gehst du dann aus?"

„Nö, meistens nicht. Ich zocke ziemlich viel mit meiner Play-Station. Ich habe eine Menge Spiele. Wenn ich weggehe, dann meistens ins Kino." Plötzlich hatte ich eine super Idee, was wir mit dem angebrochenen Abend anfangen konnten. „Wie sieht's aus? Sollen wir was auf der Play-Station machen?"

Sie schaute mich an und fuhr mit der Hand ganz leicht über meinen Arm. Obwohl ich das kaum spürte, bekam ich eine Gänsehaut. „Wir können auch was ohne Play-Station machen", flüsterte sie und ließ ihre Hand sanft über mein Shirt wandern, wobei sich ihre Augen irgendwie halb schlossen. Fieberhaft überlegte ich, wie ich vorgehen sollte. Um ehrlich zu sein war ich einem Mädchen noch nie so nah gekommen. Vielleicht meiner Cousine, aber das galt nicht. Die war ziemlich dick und nicht besonders hübsch. Ich hatte ihr mal aus Versehen an den Busen gefasst, als er schon ein wenig sichtbar war. Sie hatte aufgekreischt und mir auf die Finger gehauen.

An den Busen wollte ich Linda vorsichtshalber noch nicht fassen. Aber angefasst hätte ich sie schon gern. Und gerochen, denn sie sah so aus, als würde sie sehr gut duften. So legte ganz vorsichtig ich meine Arme um sie. Auf einmal küssten wir uns. Wie es jetzt genau dazu gekommen war, das konnte ich nicht sagen. Jedenfalls fühlte es sich total toll an. Wir küssten uns eine ziemlich lange Zeit, in der ich ganz atemlos wurde und sich allerhand bei mir regte. Was soll ich sagen, irgendwann hatten wir dann beide nichts mehr an, das passierte wie von selbst. Ja, und dann hatte ich zum ersten Mal richtigen Sex. Mit einem Mädchen und nicht nur mit mir selbst.

Wir machten es noch ein paar Mal an diesem Nachmittag und Abend. Bis Linda schließlich meinte, dass sie zurück zu ihrer Tante müsse, weil die sich sonst Sorgen machen würde. Also duschten wir ausgiebig. Zusammen, was ein unglaubliches Erlebnis für mich war. Dann fuhr ich sie zum Haus ihrer Tante. Vor der Tür stellte ich für einen Augenblick den Motor ab. „Jetzt sind wir aber zusammen, nicht wahr", fühlte ich vorsichtig vor. „Sehen wir uns morgen?" Sie strich mir über die Wange. „Morgen habe ich schon was vor. Tut mir leid. Gib mir deine Handynummer, dann melde ich mich sobald ich Zeit habe. Versprochen." Sie zog ihr Handy aus der Tasche und notierte sich meine Nummer. Anschließend öffnete sie die Autotür. „Alles klar. Ich melde mich ganz bestimmt." Sie ging auf die Haustür zu, drehte sich aber noch einmal um und kam zurück. Schnell öffnete ich das Beifahrerfenster.

„Sag mal, war das eigentlich dein erstes Mal?", fragte sie.

Ich merkte, dass ich ziemlich rot wurde. „Na ja ... also ..."

Sie lachte. „Ist schon in Ordnung. Ich hab's mir gedacht."

***

So sehr ich es mir auch gewünscht hatte, Linda meldete sich nicht. Leider hatte ich es versäumt, sie nach ihrer Handynummer zu fragen. Einfach bei ihrer Tante anzuklingeln und nach ihr zu fragen, das traute ich mich nicht. Also starrte ich alle fünf Minuten auf mein Handy, das aber höchstens klingelte, wenn meine Mutter wieder einmal etwas zu bemängeln hatte. Oft fuhr ich am Haus ihrer Tante vorbei, aber leider sah ich Linda nie. Vielleicht war sie schon wieder nach Hause gefahren.

Wenigstens hatte ich mir ‚Die 24 Stunden von Le Mans' gekauft. Das Spiel brachte mich zeitweise auf andere Gedanken. Aber meistens dachte ich an Linda. Weil ich damit so beschäftigt war, hatte ich auch immer noch nicht mit Papa über die Drohung meiner Mutter gesprochen, mir die Kontovollmacht für mein Konto zu entziehen. Das musste ich unbedingt machen und nahm mir das auch ganz fest vor.

In meiner Verzweiflung dachte ich sogar daran, Kevin nach ihrer Handynummer zu fragen. Aber das tat ich dann doch nicht. So viel Stolz hatte ich mir bewahrt.

Nach einer guten Woche war ich so weit zu glauben, dass Linda sich wohl nicht mehr melden würde. Wahrscheinlich hatte es ihr mit mir nicht so gut gefallen, wie ich es vermutet hatte. Ich hatte beim Sex den Eindruck gehabt, dass sie öfter gekommen war, aber wahrscheinlich täuschte ich mich. Schließlich hatte ich keine großartige Erfahrung.

An diesem Freitag sprach Kevin mich an. „Es ist doch Schützenfest. Kommst du auch morgen ins Festzelt?", fragte er ganz harmlos. Diese Frage verblüffte mich, weil er sich sonst nicht besonders um mich kümmerte. Ich zuckte mit den Schultern. „Hab' keine Lust."

„Echt nicht? Okay. War ja nur ne Frage. Jedenfalls kommt Linda auch. Hat sie jedenfalls gesagt." Diese Aussage ließ mich hellhörig werden. „Hast du mit ihr gesprochen? Ist sie immer noch bei ihrer Tante?"

Kevin grinste mich irgendwie dreckig an. „Weißt du das nicht? Klar ist sie noch da. Sie hatte in der letzten Woche mächtig viel zu tun. Aber zum Schützenfest kommt sie. Hat sie versprochen."

„Ich überlege es mir", sagte ich, drehte mich betont lässig um und ließ Kevin einfach stehen.

Am Samstag war ich ziemlich aufgeregt. Ich würde Linda wiedersehen! Vielleicht hatte sie einfach zu viel zu tun gehabt, um sich bei mir zu melden. Wahrscheinlich hatte sie es vergessen, mir ihre Handynummer zu geben und das tat ihr schon mächtig leid. Aber das war alles egal. Ich würde sie in die Arme nehmen und dann würde alles gut werden. Wir würden wieder zu mir gehen und dann ein richtiges Paar sein. Mit allem drum und dran. Auf Kevins Gelaber wollte ich nichts geben. Er war nur neidisch, weil ich diese tolle Frau an Land gezogen hatte und sie mich gut fand.

Leider hatte er mir nicht gesagt, wann er oder Linda im Festzelt sein würden. Also ging ich schon um neun Uhr los, um nichts zu verpassen. Um ehrlich zu sein, ist ein derartiges Event nichts für mich. Laute Musik, Alkohol in Massen, Dixi Klos und mit fortschreitendem Abend Betrunkene ohne Ende. Aber für meine Freundin wollte ich alles in Kauf nehmen. Von Kevin und Linda war noch nichts zu sehen. Also wühlte ich mich zur Theke durch und bestellte eine Cola. Als ich den ersten Schluck genommen hatte, legte sich eine Hand auf meine Schulter.

„Tulpenfeld, du Versager. Auch hier?"

Mein Meister stand neben mir. Wie es aussah war er jetzt schon sturzbetrunken. Damit hatte ich gar nicht gerechnet. Ich grinste ihn mühsam an. Er erwiderte das Grinsen und sah dabei aus wie der weiße Hai kurz vor der nächsten Attacke. „Tulpenfeld, wir trinken jetzt einen Kurzen", entschied er und schon hatte ich einen klaren Schnaps vor mir stehen. „Hau weg die Scheiße oder bist du dazu auch nicht Kerl genug!", grölte er, sodass mir nichts anderes übrig blieb, als das Schnapsglas auf Ex zu leeren. Schnell nahm ich einen Schluck Cola - und hatte schon das nächste Glas mit Korn vor mir stehen.

Nach dem vierten Schnaps hatte ich Glück. Eine ziemlich fette Matrone steuerte auf uns zu. „Hans-Gerd, hier steckt du also", rief sie mit schriller Stimme. „Ich suche dich die ganze Zeit. Wo bleibt mein Rotwein? Ich sehe schon, du säufst wieder einmal herum und hast ihn vergessen." Der Meister duckte sich und sah mit einem Mal gar nicht mehr so schrecklich und autoritär aus. „Meine Frau", murmelte er. „Ich muss dann mal ..."

Weg war er.

Obwohl mir mit einem Mal ziemlich schwindelig wurde, schaute ich mich um. Von Kevin oder Linda fehlte immer noch jede Spur. Dabei war es bereits zehn Uhr vorbei. Ob Kevin mir wohl nur etwas über Linda erzählt hatte, um mich zu veräppeln? Jedenfalls machte sich ein menschliches Bedürfnis bemerkbar. Also steuerte ich den Zeltausgang an, um zu den Dixi Klos zu gelangen. Das klappte einigermaßen, obwohl mir immer noch schwindelig und jetzt auch übel war. Draußen allerdings ging ich wohl in die falsche Richtung.

Oder war es die Richtige? Ich verfehlte nämlich die Toiletten und stand mit einem Mal hinter dem Festzelt. Dort fand ich Kevin und Linda. Sie trieben es miteinander. Zuerst war ich nicht sicher ob sie es wirklich wären und pirschte mich näher an das Pärchen heran, das so miteinander beschäftigt, oder soll ich besser sagen ineinander verkeilt war, dass es mich nicht bemerkte. Leider gab es keinen Zweifel, sie waren es.

Ich war schon dabei mich abzuwenden, da sah mich Linda, doch statt sich zu schämen, machte sie einfach weiter und lächelte mich an.

***

„Junge, du bist nicht bei der Sache. Was ist los?" Papa musterte mich besorgt. Er war vorbeigekommen, um zum letzten Mal mit mir zu üben. Die Gesellenprüfung rückte immer näher. Papa half mir dabei sehr, wie er das schon bei der Führerscheinprüfung gemacht hat. Er las mir immer wieder vor, was ich wissen musste und versucht mir alles so gut wie möglich zu erklären. Dabei verlor er nie die Geduld und schrie mich niemals an, deshalb behielt ich alles gut.

„Es ist sehr wichtig, dass du dich konzentrierst, Tim. Wenn du eine Frage nicht verstanden hast, dann fragst du einfach noch einmal nach, hörst du. Es wird dir deshalb keiner den Kopf abreißen. Das ist besser, als wenn du gar nichts sagst. Selbst eine falsche Antwort ist besser als zu schweigen", fuhr Papa fort.

Ich nickte. „Ja, klar. Das habe ich schon verstanden, du hast es mir schon ein paar Mal gesagt. Es ist bloß ... ich habe ein Mädchen kennengelernt. Ich dachte, dass wir zusammen wären, aber sie hat mit meinem Arbeitskollegen herumgemacht. Beim Schützenfest. Hinter dem Festzelt. Ich habe sie gesehen und bin abgehauen", irgendwie war ich immer leiser geworden, denn es tat immer noch weh, von Linda zu reden.

„Ach Tim!" Papa legte mir für einen Moment den Arm um die Schulter, was sich sehr tröstlich anfühlte. „Du wirst noch einige Mädchen kennenlernen. Wenn diese ...ähm ... junge Dame dich jetzt schon betrügt, dann solltest du sie schnellstens vergessen. Sie ist es nicht wert. Wenn du ein nettes Mädel findest, dann komm uns doch mit ihr besuchen. Ulrike und ich würden uns freuen."

Ich nickte weil mir der Vorschlag gut gefiel. Wenn ein Mädchen mit kam, um Papa und Ulrike zu besuchen, dann war es bestimmt die Richtige. „Das ist eine gute Idee. Das mache ich so. Und du hast Recht, sie ist es nicht wert. Ich brauche nur etwas Zeit, um darüber wegzukommen. Ich habe noch ein Problem. Mit Mutter. Letztens habe ich mir Geld von meinem Konto geholt, weil ich mir das Spiel gekauft habe. Du weißt schon, ‚Die 24 Stunden von Le Mans'. Mutter ist total ausgeflippt. Sie hat gesagt, dass sie dafür sorgt, dass ich nicht mehr an mein Geld komme. Ich soll sie in Zukunft fragen, wenn ich etwas brauche. Das finde ich aber nicht fair. Ich komme schon allein zurecht, ohne dass sie immerzu hinter mir her guckt."

Mein Vater schaute mich nachdenklich an. „Meinst du, dass du das hinbekommst, Tim? Alt genug bist du schließlich."

„Ganz bestimmt, Papa. Wenn ich nicht klarkomme, frage ich dich und du hilfst mir."

„Ich kann mit deiner Mutter reden, aber du weißt, dass das schwierig werden wird. Sie ist halt ...", Papa zögerte. Er schien nach dem passenden Wort zu suchen.

„Halsstarrig, stur und böse", half ich aus. Kurz huschte ein Grinsen über Papas Gesicht. „Das wollte ich so nicht sagen. Sie ist, wie sie ist. Wenn du allen Problemen aus dem Weg gehen willst, dann wartest du, bis du die Prüfung hinter dir hast. Dein Ausbildungsbetrieb übernimmt dich ja leider nicht."

„Ach, das macht nichts. Ich bin froh, wenn ich keine Schneidkluppe mehr sehen muss. Eigentlich würde ich am liebsten ganz etwas anderes machen als Gas-Wasser-Scheiße ...", unterbrach ich ihn.

„Darüber reden wir, wenn du die Prüfung bestanden hast, mein Sohn. Wahrscheinlich musst du dann zur Bundeswehr. Was ich sagen wollte: Du könntest problemlos ein neues Girokonto eröffnen. Darauf hätte deine Mutter dann keinen Zugriff." Diese geniale Idee war mir noch gar nicht gekommen. „Das mache ich. Sie wird sich zwar wundern und sauer sein, aber das ist mir egal."

„Okay, wenn du es möchtest, dann begleite ich dich zur Bank. Allerdings will ich keine Vollmacht über dein Konto haben. Aber jetzt musst du dich etwas konzentrieren."

Die Gesellenprüfung bestand ich, obwohl sie unheimlich schwer war und mir ganz schlecht vor lauter Aufregung war. Das mussten die Prüfer wohl gemerkt haben, weil sie sehr nett mit mir umgingen. Zwar waren die Abschlussnoten nicht so besonders, aber das war mir total egal.

Wie erwartet wurde ich nicht von meinem Betrieb übernommen. Doch das Arbeiten dort war sowieso nicht schön gewesen, fast von Anfang an. Zudem hatte Kevin mir in den letzten Wochen ganz schön zugesetzt. Immer wieder hatte er von Linda angefangen, hatte erzählt, wie er es mit ihr gemacht hatte. Dabei war dies das Letzte, was ich hören wollte.

Direkt nach der Prüfung bekam ich einen Einberufungsbescheid von der Bundeswehr. Bei der Musterung hatte ich ein bisschen Angst gehabt, dass ich nicht genommen werden würde, weil ich ziemlich viele Allergien habe, wie zum Beispiel einen Heuschnupfen. Aber das war unbegründet. Trotzdem konnte ich zur Bundeswehr gehen, was mich sehr stolz machte. Vielleicht würde sich sogar die Möglichkeit ergeben, nach Afghanistan zu kommen und dort für mein Land zu kämpfen, dachte ich. Das, und die Kameradschaft stellte ich mir fantastisch vor. Deshalb meldete ich mich gleich für den Bundesfreiwilligendienst an, direkt für vierundzwanzig Monate. Schon bei der Musterung hatte ich einen Typen kennengelernt, der auch so dachte wie ich. Goofy, der eigentlich Klaus-Jürgen Kleinebrink hieß, den aber jeder Goofy nannte. Er erzählte mir, dass sein Vater ein General wäre und natürlich eine Menge beim Bund zu sagen habe.

„Alles kein Problem. Halt dich an mich", erklärte er mir. „Wir machen die Grundausbildung und wenn wir damit fertig sind, dann schickt mein Vater seinen Fahrer vorbei. Der holt uns mit einem fetten Eagle ab. Mein Vater hat ganz bestimmt auch für dich einen Job. Ich werde sein Adjutant, das steht fest."

Das hörte sich richtig toll an, wenn Papa auch mit dem Kopf schüttelte, als ich ihm von meinem neuen Kumpel erzählte. „Tim, lass dir doch nicht so einen Quatsch erzählen. Der Typ will sich nur aufspielen."

Ich beschloss nichts mehr zu sagen und den Fahrer zu bitten, einen Umweg zu fahren, um mal kurz bei Papa vorbeizuschauen und ihm den Eagle zu zeigen, wenn er uns nach der Grundausbildung abholen würde.

Die Grundausbildung war ziemlich hart. Trotzdem gefiel mir das Soldatenleben richtig gut. Schon allein, weil ich sowieso gut schießen konnte, aber auch wegen der Befehle. Immer wusste ich ganz genau, was ich zu tun hatte und führte alle Befehle exakt aus, was die Ausbilder klasse fanden. Ganz selten meckerte einer von ihnen mit mir herum. Wenn das der Fall war, hatte er aber Recht und ich bemühte mich, das nächste Mal alles noch besser zu machen.

Mein Kumpel Goofy erzählte mir immer wieder, dass sein Vater unsere Ausbildung aus der Ferne überwachte. Das war klar, als General hatte er natürlich so viel zu tun, dass er sich nicht auch noch mit so läppischen Kleinigkeiten wie unserer Ausbildung befassen konnte. Zumal ja alles super lief.

Nach der Grundausbildung kamen wir zur Brigade der Panzergrenadiere. Wir blieben direkt in der Kaserne stationiert, was ich total gut fand, weil das nicht besonders weit von zu Hause entfernt war. So würde ich abends in meine Wohnung fahren können. Jedenfalls wenn ich keinen Wachdienst hätte oder doch nicht in Afghanistan eingesetzt würde, was ich aber nicht hoffte.

Gespannt wartete ich auf den großen Tag, an dem der Eagle vorfahren würde. Leider wartete ich ziemlich lange vergeblich. Schließlich sprach ich Goofy darauf an. „Sag mal, dauert es noch lange, ehe dein Vater uns abholen lässt?" Er scharrte betreten mit den Füssen. „Na ja, eigentlich wollte er das schon lange machen, aber es ist ihm bisher immer etwas dazwischen gekommen. Ich weiß auch nicht, ob er noch veranlasst, dass wir zu seinem Stab stoßen." Goofy war ganz rot angelaufen, vor allem seine Ohren, die sowieso schon ziemlich weit vom Kopf abstanden. Ich dachte daran, was Papa gesagt hatte. War Goofys Vater vielleicht gar kein General? Hatte mein Kumpel sich bloß ein bisschen aufspielen wollte? Ich kannte ihn inzwischen ganz gut und konnte mir etwas in der Art vorstellen. „Kann es sein, dass dein Vater uns vielleicht gar nicht abholen wird?", begann ich vorsichtig.

Goofy wurde noch einen Ticken mehr rot. „Kann sein ...", murmelte er undeutlich. Er tat mir ziemlich leid, weil er sich so sehr wünschte, dass sein Vater ein General wäre und ihn zu etwas besonderem machen würde. Ich klopfte ihm auf die Schulter. „Ach, weißt du", sagte ich sehr ernst, weil ich das wirklich so meinte. „Du bist ein super Typ und ein toller Kamerad. Mir ist schnuppe, ob dein Papa General ist oder nicht. Es wird am besten sein, wenn wir über die ganze Geschichte gar nicht mehr reden." Weil Goofy mit einem Mal ziemlich erleichtert aussah, munterte ich ihn gleich weiter auf. „Was meinst du, ob wir vielleicht bald nach Afghanistan kommen? Bestimmt kann ich nächstens den LKW Führerschein machen und den Panzerführerschein, dann komme ich unter Garantie dort hin. LKW und Panzer Fahrer werden gebraucht.

An deiner Stelle würde ich es mir überlegen, ob ich das auch mache."

„Gute Idee", ging Goofy darauf ein. „Ist ja auch logisch. Das Panzerfahren ist zudem auch noch total geil."

Also verabschiedete ich mich von der Idee, dass Goofys Vater uns in seinen Stab holen würde, weil der nämlich offensichtlich gar kein General war. Wie ich bald feststellte, hatte Goofy gar keinen Vater. Nur eine Mutter und ziemlich viele Geschwister.

Leider blieb nicht nur das ein Wunschtraum. Während unsere Brigade tatsächlich in Afghanistan eingesetzt wurde, blieben Goofy und ich in der Kaserne. Die Allergien waren schuld. Ich habe das niemals genau verstanden, weil ich Heuschnupfen habe. Nun gibt es in Afghanistan bekanntlich fast nur Steine und Berge und Staub und nicht so besonders viele Pflanzen. Jedenfalls sieht das in Fernsehberichten so aus. Also war ich davon ausgegangen, dass der Heuschnupfen dort gar nicht vorhanden wäre. Ich hatte mich getäuscht.

Warum ich den Führerschein für LKW und Panzer nicht machen konnte weiß ich nicht genau. So richtig hat mir das auch keiner erklärt. Vielleicht hatten sich schon so viele Soldaten dafür angemeldet und deshalb bin ich nicht dran gekommen. Goofy teile mein Los. Auch er blieb in der Kaserne, allerdings hatte er keine Allergien, sondern Probleme mit dem Rücken.

Liefen wir nicht hinter und neben unserem Panzer her, hatten wir meistens Putzdienst und passten noch dazu auf, dass niemand unbefugt die Kaserne betrat. Eigentlich war das Aufpassen auch eine verantwortungsvolle Aufgabe. Zudem zockten wir während der Wache immer Computerspiele. An wachfreien Abenden fuhr ich nach Hause, was auch nicht schlecht war.

***

„Willst du sehen, was es am Grillfest zu Essen gibt? Dann must du mitkommen zu meinem Wagen", Goofy stand grinsend in der Wachstube.

„Wie jetzt? Hast du hundert Würstchen im Kofferraum oder was?", fragte ich verblüfft. Tatsächlich sollte es in ein paar Tagen einen großen Grillabend in der Kaserne geben, weil die Brigade aufgelöst werden sollte. Also nicht um das zu feiern, sondern wegen der Kameradschaft. Stattdessen sollten die Sanis in die Kaserne kommen, aber bis dahin würde ich wohl schon mit der Bundeswehr fertig sein.

„Komm kurz mit." Goofy grinste noch immer über beide Ohren. Also trabte ich ihm neugierig hinterher bis zu seinem Auto, aus dem merkwürdige Geräusche kamen. Genau gesagt aus dem Kofferraum. Goofy öffnete den Deckel und hielt ein zappendes Ferkel fest, das ängstlich quiekte. „Das kommt auf den Grill", erklärte er.

„Viel Spaß! Willst du das Tier schlachten und zerlegen? Ganz passt das nie auf den Grill. Wo hast du es überhaupt her?" Ich kraulte dem Ferkel das Ohr um es zu beruhigen, was Wirkung zeigte. Es legte sich tatsächlich hin und hörte auf herumzuzappeln. Goofy kratzte sich den Kopf. „Ich schlachte das Schwein nicht. Davon habe ich keine Ahnung. Das sollen mal schön ein Anderer besorgen. Ich verkaufe es bloß. Es wiegt bestimmt 20 kg, da kriege ich 200 Mark für, ist schließlich ganz frisch. Mein Onkel hat einen Bauernhof. Der hat so viele

Schweine, da fällt eins mehr oder weniger nicht auf."

„Sag bloß du hast es geklaut?", entfuhr es mir verblüfft.

„Ach was, geklaut. Ich betrachte es als Unterstützung der Familie für einen armen Bundeswehrsoldaten. Der Sold reicht hinten und vorne nicht. Nicht mal ein Bier kann ich mir leisten, so pleite bin ich zur Zeit."

„Aber deshalb seinen Onkel zu beklauen? Goofy, du bist ganz schön bescheuert. Bin gespannt, ob sich einer findet, der es über die Klinge springen lässt", sagte ich und hörte auf das arme Vieh zu kraulen. Es hatte die Augen zu gemacht und schnurrte irgendwie wohlig. Ich jedenfalls würde nichts von dem Ferkel essen. Jetzt, wo ich es in Schlaf gestreichelt hatte. Das stand schon mal fest.

„Gefreiter Tulpenfeld, was treiben sie hier! Wieso sind Sie nicht auf ihren Posten", dröhnte eine Stimme hinter mir. Goofy klappte schnell den Kofferdeckel zu, was einigermaßen nutzlos war, denn das Schwein war durch das Geschrei aufgewacht und quiekte wieder mächtig los. Anschließend drehten wir uns um und nahmen Haltung an, denn unser OvWa stand hinter uns und fixierte uns düster, wobei er kurz irritiert auf das Auto schielte.

„Gefreiter Kleinebrink bittet antworten zu dürfen", meldete sich Goofy zu Wort. Ich zuckte unmerklich zusammen, denn Goofy konnte sich einen mächtigen Rüffel holen, wenn er einfach dazwischen quatschte. Erstaunlicherweise erlaubte ihm der Wachoffizier aber zu sprechen. „Antworten Sie, Gefreiter Kleinebrink. Ich hoffe Sie haben eine gute Erklärung! Auch für den Inhalt ihres Kofferraums."

„Herr Oberleutnant. Im Kofferraum befindet sich wie besprochen Grillgut für das anstehende Grillfest in Form eines Ferkels. Gefreiter Tulpenfeld hat mir tatkräftig geholfen die Sau ruhigzustellen, was mir allein nicht gelungen wäre." Der OvWa sah nicht mehr ganz so bedrohlich, sondern eher interessiert aus. „So, so. Rühren. Zeigen Sie doch mal." Vorsichtig öffnete Goofy den Kofferdeckel. Ich sprang schnell hinzu, denn das Ferkel startete einen verzweifelten Fluchtversuch. Gemeinsam hielten wir das Tier fest, wobei ich wieder versuchte es durch Ohrenstreicheln ruhig zu kriegen. Das gelang mir teilweise. Es strampelte nicht mehr ganz so wild herum, sondern sah mich aufmerksam an. Wie es so guckte sah es fast so aus wie unser OvWa. Der schien begeistert zu sein. „Donnerwetter, das ist ein strammes Tier. Mindestens 18 bis 20 Kilo! Gut gemacht, Gefreiter Kleinebrink. Mein Schwager ist Metzger, er wird sich darum kümmern. Kommen Sie mit. Ich schreibe Ihnen die Adresse auf und Sie bringen das Schwein zu ihm." Er winkte Goofy ihm zu folgen. Mich schien er ganz vergessen zu haben und so machte ich, dass ich schnellstens wieder in die Wachstube kam.

Das Grillfest wurde ein voller Erfolg, was nicht zuletzt an Goofys geklautem Spanferkel lag. Er hatte es tatsächlich zum schwägerlichen Metzger gebracht, wo es verarbeitet, sprich geschlachtet und zum Fest gegart wurde. Ich hoffte stark, dass es einen leichten Tod hatte und aß lieber Rostbratwürstchen, weil ich sicher war, dass sie nicht von diesem Tier stammten.

Auf dem Fest kam ich mit Dante ins Gespräch. Er war eigentlich Albaner, jedenfalls hatte er einen albanischen Vater. Aber seine Mutter war Deutsche. Der Glückliche war tatsächlich in Afghanistan gewesen und gerade wieder zu Hause. Leider erzählte er nicht besonders viel über seine Zeit dort. Also fragte ich ihn nicht weiter aus, weil ich merkte, dass er es nicht wollte. Dante sprach mehr über Frauen und Familie. Er war mit einer Frau, die aus der Ukraine stammte zusammen. Gemeinsam hatten sie vier Kinder, obwohl sie nicht zusammen wohnten. Rosa, so hieß seine Frau, wohnte bei ihren Eltern, die auch in Deutschland lebten, weil sie deutsche Vorfahren hatten. Jedenfalls erklärte Dante mir das so. Er schlief in der Kaserne, wollte aber nach Ablauf seiner Bundeswehrzeit eine Wohnung suchen und mit Rosa und den Kindern zusammenziehen.

„Das wird toll. Wenn Rosa dann auch immer den Daumen auf mir haben wird", meinte er grinsend. „Im Moment bin ich natürlich eher ungebunden, was unbestritten seine Vorteile hat."

„Wie meinst du das?", fragte ich irritiert, weil ich froh gewesen wäre, wenn ich eine Frau gehabt hätte. Sie hätte auch gern den Daumen auf mir haben können, damit hätte ich gar kein Problem gehabt.

„Na ja, sie ist manchmal ziemlich eifersüchtig", erklärte Dante und rollte mit den Augen. „Was kann ich dazu, wenn die Frauen mich mögen? Ich schaue nur und lächele sie an und schon wollen sie was von mir. Damit kann Rosa nicht umgehen. Dabei ist doch nicht gesagt, dass ich fremdgehe. Wo ich sie über alles liebe."

„Nö, fremdgehen würde ich auch niemals. Aber meine letzte Freundin hat mich betrogen." Ich erzählte Dante von Linda und das ich sie mit Kevin hinter dem Schützenzelt erwischt hatte. Er regte sich ziemlich darüber auf. „Ich hätte dem Typen so was von aufs Maul gehauen. Der hätte hinterher ausgesehen wie eine Matschkartoffel. Vergiss die Alte. Sie ist es nicht wert, dass du auch nur einen Gedanken an sie verschwendest."

„Das hat mein Vater auch gesagt."

Dante nickte. „Ein kluger Mann ist das."

***

„Verdammt, das wollte ich schon seit zwei Jahren machen!" Goofy entfernte entschlossen den Splint und steckte ihn sich in die Hosentasche, was mich in Alarmbereitschaft versetzte.

„Hör auf damit. Du spinnst wohl, was", rief ich in heller Panik aus. Schon als wir das erste Mal zum Panzerputzdienst abberufen wurden, hatte mein Kumpel sich interessiert den Löschknopf für den Motorraum des Leos angeschaut. Es schien ihn in den Fingern zu jucken diesen Knopf zu drücken. Bisher hatte er aber immer noch den letzten Rest Beherrschung aufgebracht und es nicht getan. Heute schien er vollkommen verrückt geworden zu sein.

„Mensch, Goofy, es sind doch bloß noch zwei Monate bis zu unserer Entlassung. Du wirst dir doch wohl nicht den Rest der Zeit dadurch versauen, dass du im Bau landest", versuchte ich es mit Logik.

„Aber man müsste es mal austesten. Was, wenn der Motor brennt und der Knopf nicht funktioniert? Das wäre ja wohl ganz mies", argumentierte Goofy und stierte seinen Finger, den er leicht auf den Knopf gelegt hatte, an.

„Heimat die Berge, jetzt hör schon auf!" Ich versuchte seine Hand wegzudrücken, was mir nicht gelang.

„Hopsala, das war ganz aus Versehen!" Mit einem verzückten Ausdruck im Gesicht drückte Goofy tatsächlich auf den Knopf. Er betätigte so die Vorrichtung, welche den Löschschaum in den Motorraum drückte. Aber das sollte nur geschehen, wenn der Motor brannte. Ein lautes Zischen kam aus dem Panzer, dann drang aus dem Luftansaugstutzen eine weiße Rauchfahne. Ich stand wie von Donner gerührt da und wagte es nicht, mich zu bewegen. Das war auch besser so, denn der Oberfeldwebel trabte im Laufschritt an.

„Was ist hier los", brüllte er. „Mir platzt gleich der Arsch! Was habt ihr Idioten wieder einmal angerichtet!" Goofy stand vorschriftsmäßig stramm und ich sowieso. „Wieso wieder mal? Wir haben noch nie was angerichtet", zischte er mir zu. Der Oberfeld war bei uns angekommen. Er baute sich schwer atmend vor uns auf. Wahrscheinlich war er lange nicht mehr so schnell gelaufen. „Also", keuchte er, „wer von euch Blödbacken hat Mist gebaut?"

„Ich bin aus Versehen bei der Reinigung des Panzers auf den Löschknopf für den Motorraum gefallen. Tulpenfeld hat nichts damit zu tun", meldete Goofy mit fester Stimme.

Der Oberfeld lief noch mehr rot an, als das sowieso schon der Fall war. Neben seiner Schläfe pochte eine dicke Ader. Es sah eher so aus, als würde ihm der Kopf wegplatzen und nicht der Allerwerteste, so wie er es gesagt hatte.

„Auf den Löschknopf gefallen sind Sie? Wollen Sie mich verarschen? Der Knopf ist durch einen Splint gesichert und sitzt in einer Vertiefung! Der lässt sich unabsichtlich gar nicht betätigen!" Er holte tief Luft und versuchte sichtlich sich zu beruhigen. „Sie haben den Motorraum komplett mit Schaum geflutet und das vorsätzlich. Hoffentlich ist Ihnen klar, dass Sie einen Schaden von mehreren Tausend Mark verursacht haben, Gefreiter Kleinebrink. Das wird Konsequenzen haben. Gefreiter Tulpenfeld, Sie sind Zeuge." Obwohl mir das Herz bis zum Hals schlug, wagte ich einen Einwand. Ich konnte meinen Kumpel doch nicht so im Regen stehen lassen. „Es tut mir Leid, Herr Oberfeldwebel Küddel, aber ich habe nicht gesehen, wie der Gefreite Kleinebrink auf den Knopf gefallen ist. Ich habe die Reinigung am anderen Ende des Panzers durchgeführt und nicht auf ihn geachtet, weil ich mich voll und ganz auf meine Aufgabe konzentriert habe. Ich habe erst bemerkt, dass etwas nicht in Ordnung war, als es zischte und eine Rauchfahne aufstieg. Da war es schon zu spät. Wenn der Gefreite Kleinebrink sagt, dass er auf den Knopf gefallen ist, wird das schon so sein. Vielleicht hat sich der Sicherungssplint im Gelände gelöst und ist abgefallen."

„Faseln Sie nicht! Sie haben also nichts gesehen? So, so." Der Oberfeld fixierte Goofy mit einem düster drohenden Blick. „Ziehen Sie sich warm an, Gefreiter Kleinebrink. Das wird bitter für Sie", mit diesen Worten wandte er sich um, ohne sich weiter um uns zu kümmern. Er war wohl immer noch ziemlich durcheinander und aufgebracht.

„Danke", Goofy kratzte sich ausgiebig den Kopf. „Dabei bleibst du doch, oder? Ich meine, dass du gerade so intensiv geputzt hast, dass du nix mitgekriegt hast." Ich nickte meinem Kumpel zu. „Ja klar bleibe ich dabei. Was weiß ich, worüber du gestolpert bist. Vielleicht war der Splint ja wirklich schon ab. Ich kann ihn jedenfalls hier nicht sehen."

Natürlich wurde ich offiziell befragt, aber ich blieb dabei, nichts mitgekriegt zu haben. Zum

Glück glaubten sie mir. Wahrscheinlich guckte ich ehrlich genug. Jedenfalls gab ich mir die größte Mühe. Goofy kam nicht in den Bau, was mich sehr verwunderte. Vielleicht glaube keiner, dass er so dämlich gewesen war, den Löschknopf einfach so, völlig grundlos, zu drücken. Oder es traute ihm niemand zu, so etwas zu tun. Vielleicht lag es auch daran, dass der Splint verschwunden blieb. Jedenfalls hatte er großes Glück, dass nur ich gesehen hatte, was wirklich passiert war.

Entlassen werden sollten wir alle am ersten Januar und Null Uhr. Aber netterweise durften wir allesamt schon zwei Wochen vor Weihnachten nach Hause. Nur Goofy nicht. Der wurde in der Kaserne behalten und wirklich erst am ersten Januar entlasse. Genau um Null Uhr.

Einerseits tat es mir Leid, dass die Bundeswehrzeit um war, weil ich mich in der Kaserne wirklich wohl gefühlt hatte. Das lag in erster Linie daran, dass es klare Befehle gab. Das Leben war geregelt, ich musste nichts entscheiden. Andererseits hatte ich es satt, immer bloß hinter dem Panzer herzurennen und ihn anschließend zu putzen. Das war auf Dauer

ganz schön öde. Trotzdem hatte die Bundeswehr mir etwas gebracht. Der Kontakt zu meiner Mutter war eingeschränkt gewesen. Das
auch, weil Papa und ich mir tatsächlich ein
eigenes Girokonto eingerichtet hatten. Mein
Vater lehnte es ab, eine Vollmacht darüber zu
bekommen. Er meinte, dass ich gut allein klar
kommen würde und meiner Mutter gab ich
keine Vollmacht, obwohl sie eine ganze Zeit
herum quengelte und sauer war. Schließlich
gab sie es auf. Allerdings nicht, ohne mir zu
prophezeien, dass ich bald den Gerichtsvollzieher zu Besuch haben würde, weil ich nicht
mit Geld umgehen könne.
Außerdem hatte ich jetzt zwei Kumpel. Wenn
auch Goofy und Dante nicht so besonders miteinander auskamen, so verstand ich mich mit
beiden prima. Ich versuchte möglichst, sie
getrennt von einander zu treffen, um allen
Problemen aus dem Weg zu gehen.

***

Als Installateur wollte ich nicht mehr arbeiten.
Das hatte mir überhaupt keinen Spaß gemacht.
So ging ich erst einmal zu Arbeitsamt, um

nach einem anderen Job zu fragen. Irgendwie verstand der Sachbearbeiter mich allerdings nicht gut. Er versuchte immerzu, mir wieder eine Stelle als Installateur anzudrehen. Das klappte zum Glück nicht. Gab der Sachbearbeiter mir eine Adresse, dann sprach ich natürlich bei der Firma vor. Mir blieb ja auch gar nichts anderes übrig. Aber wenn ich dann meine Zeugnisse zeigte und erzählte, dass ich während der Ausbildung immer nur Gewinde nachgearbeitet und eigentlich nicht viel Ahnung vom Beruf hatte, dann erledigte sich das Problem von selbst. Also war ich erst einmal arbeitslos, was meine Mutter überhaupt nicht verstand. „Was habe ich mich angestrengt, damit du einen vernünftigen Ausbildungsplatz bekommst! Und was machst du? Lotterst den ganzen Tag hier vor dich hin. Wie dein Vater. Der hat auch nie etwas gemacht."

„Aber Papa ist doch noch nie arbeitslos gewesen. Jedenfalls kann ich mich nicht daran erinnern", widersprach ich, obwohl ich wusste, dass das sinnlos war.

„Aber er hat mir nie im Haushalt geholfen und nur immer Geld ausgegeben. Faul ist er, genau wie du. Sieh zu, dass du wieder an die Arbeit

kommst. Ich unterstütze dich jedenfalls nicht."
Sie stützte sich auf die Tischkante und sah
mich von oben herab an. Ich hätte es wissen
müssen. Es war ein Fehler gewesen sitzen zu
bleiben, als meine Mutter in meine Wohnung
schneite. Jetzt musste ich zu ihr hoch gucken.
„Überhaupt hast du dir ein anderes Konto eingerichtet. Jetzt musst du zusehen wie du klarkommst!" Wieder einmal holte sie diese alte
Sache aus der Mottenkiste. Ich seufzte resigniert. Sie würde wahrscheinlich niemals Ruhe
geben. „Mach dir mal keine Gedanken. Ich
komme ganz gut zurecht. Papa hilft mir, wenn
ich ihn frage", sagte ich, zugegeben, etwas
trotzig. Aber meine Mutter ist eine Person, die
selbst Jesus auf die Palme gebracht hätte.
Das schien sie aus dem Konzept zu bringen,
denn sie schaute mich für einen Moment verblüfft an. Leider dauerte das nicht besonders
lange. Sie holte tief Luft. „Wenn es so ist, dass
sich dein toller Vater um dich kümmert, dann
kannst du in Zukunft auch bei ihm wohnen."
Diese Ansage verblüffte mich. „Wieso sollte
ich bei Papa wohnen? Ich habe doch hier meine eigene Wohnung. Übrigens haben er und
Ulrike nicht so besonders viel Platz", erklärte

67

ich, damit meine Mutter endlich Ruhe gab. „Und ich möchte gar nicht von hier weg", fügte ich sicherheitshalber hinzu.

„Dann musst du sehen wie du klar kommst. Ich will dieses Haus verkaufen. Es ist mir nur ein Klotz am Bein. Natürlich könntest du bei Hansi und mir einziehen. Ich hätte ein freies Zimmer für dich. Dort kannst du wohnen, wenn du dich anständig benimmst. Hansi ist die Woche über sowieso nicht da. Er hat die Stelle gewechselt. Er bekommt jetzt noch mehr Gehalt. Aber er hat sowieso immer mehr Geld verdient, als dein Vater. Allerdings ist der neue Job in Hamburg. Natürlich kann er nicht jeden Tag dreihundert Kilometer weit fahren. Deshalb hat er sich dort eine kleine Wohnung gemietet. Ich bleibe zu Hause und manage alles. Hansi vertraut mir voll und ganz."

Ich hatte gedacht, dass meine Mutter mich nicht mehr schocken könnte, aber was sie jetzt sagte, zog mir den Boden unter den Füßen weg. Sie wollte wirklich mein Haus verkaufen? Aber mein Vater hatte es ihr doch nur gegeben, weil sie es für mich verwahren sollte! Ich starrte sie mit offenem Mund an und bekam keinen einzigen Ton heraus. Irgendwie sah meine Mutter sehr vergnügt aus. Sie beugte sich vor und strich mir über das Haar. „Ich sehe schon, dass dich das alles ein wenig überfordert, Timotheus. Ich lasse dich jetzt allein, damit du deine Gedanken ordnen kannst. Wenn du weißt was du willst, kommst du bei mir vorbei und wir reden noch einmal über die Sache. Das Haus habe ich bereits zum Verkauf angeboten. Wir werden sehen, wie schnell ich es loswerde. Ich wollte dir rechtzeitig Bescheid sagen, damit du nicht völlig überrollt wirst von den Ereignissen", mit diesen Worten wandte sie sich zur Tür und schwebte aus der Wohnung.

Ich saß einfach nur da. In meiner Küche, die ein Teil meiner Wohnung war. Aber eigentlich war das nicht mehr meins. Jedenfalls nicht mehr für lange. Ich wusste genau, dass meine Mutter es ernst meinte. Sie würde das Haus verkaufen. Nichts und niemand würde sie davon abhalten können. Auch Papa nicht. Der schon gar nicht. Dabei fiel mir ein, dass ich gar nicht wusste, ob sie Papa überhaupt gesagt hatte, dass sie das Haus verkaufen wollte. Wahrscheinlich nicht, sonst hätte er bestimmt mit mir darüber gesprochen. Ich saß noch lange am Küchentisch. Mein Kopf fühlte sich ganz leer an, wie mit Watte angefüllt. Richtig schlimm war das Gefühl der Hoffnungslosigkeit und dass ich überhaupt nicht wusste, wie es weitergehen würde.

„Was bin ich für Trottel gewesen! Wie habe ich dieser Frau auch nur einen Moment vertrauen können."

Ich hatte mich dazu entschlossen Papa anzurufen und ihn zu fragen, ob er wüsste, dass Mutter das Haus verkaufen wollte. Papa war aus allen Wolken gefallen und direkt nach Feierabend bei mir vorbeigekommen. Jetzt tigerte er im Wohnzimmer auf und ab. Wie es schien konnte er immer noch nicht fassen, was meine Mutter vorhatte.

„Ich habe direkt nach deinem Anruf mit deiner Mutter telefoniert. Wie es aussieht ist sie wild entschlossen das Haus zu verkaufen. Sie will nicht mit mir darüber reden und sich schon gar nicht mit mir treffen. Deine Mutter ist arbeitslos geworden. Sie hat Schwierigkeiten einen neuen Job zu finden. Jetzt hat sie die wahnwitzige Idee ein Altenheim zu eröffnen. Dazu will sie das Geld vom Hausverkauf nutzen. Mal abgesehen davon, dass das Geld für ihr Vorhaben bei weitem nicht ausreicht, ist es nicht nachvollziehbar, was sich im Kopf dieser Frau abspielt. Wie du weißt, hat sie ihre Ausbildung bei Aldi gemacht, als Einzelhandelskaufrau. Wie um Himmels Willen kommt sie auf die Idee, dass sie ein Altenheim leiten kann? Ich habe ihr das Haus überschrieben, weil ich dachte, dass ich ihr vertrauen könnte. Dass das Haus eines Tages dir gehören würde. Nun hat sie sich zu dem Verkauf entschlossen und wird sich nicht davon abbringen lassen. Was also machen wir?"

Ich zuckte mutlos mit den Schultern. „Was sollen wir schon machen. Es lässt sich nicht mehr ändern. Vielleicht findet sie keinen, der das Haus kaufen will."

„Ach, Sohn", seufzte Papa. „Natürlich findet sie einen Käufer, früher oder später jedenfalls. Sollen wir in der Nähe von Ulrike und mir nach einer kleinen Wohnung für dich suchen? Wir gehen dir auch ganz bestimmt nicht auf den Geist", fügte er mit einem schiefen Lächeln hinzu.

„Ihr geht mir doch sowieso nicht auf den Geist. Ich wollte, Mutter wäre nur halbwegs wie Ulrike. Ich überlege es mir, Papa. Eigentlich möchte ich hier nicht weg, weil ich mich gut auskenne. Ich habe ja noch Zeit. Sofort wird sie das Haus nicht verkauft kriegen."

Wieder seufzte Papa tief. „Das kann schneller gehen, als du es für möglich hältst. Vor allem bei der Zielstrebigkeit deiner Mutter. Du weißt, dass du dich auf uns verlassen kannst. Im Notfall schläfst du in unserem Arbeitszimmer bis wir etwas für dich gefunden haben, hörst du. Das kriegen wir auf jeden Fall hin."

Leider bewahrheitete sich Papas Voraussage. Innerhalb von zwei Monaten war das Haus verkauft. Ich musste schon etwas früher ausziehen, darauf bestand meine Mutter. Sie drängte mich dazu, bei ihr und Hansi einzuziehen.

Was ich erst einmal tat, aber nur für den Übergang, das nahm ich mir ganz fest vor. Meine Möbel stellten wir in Hansis Keller unter. Obwohl meine Mutter schon allen möglichen Krempel dort stehen hatte, passte alles hinein. Irgendwie war das ganze Haus mit

Sachen vollgestopft. Im Korridor standen mehrere Garderoben, im Arbeitszimmer eine auseinandergebaute Küchenzeile, von der meine Mutter sagte, dass sie total teuer gewesen war. Ein Zimmer gab es allein für Hansis Eisenbahn. Dort durfte ich einmal hineinschauen, es aber ansonsten nicht betreten. Hansi hatte rundherum Regale, in denen original verpackte Eisenbahnen, Wagons, Bahnhöfe und Häuser standen. Keine Ahnung, ob er sie je ausgepackt hatte. Es sah nicht so aus. Vielleicht sammelte er sie einfach. Meine Mutter hatte schon früher nichts wegwerfen können. Bloß hatte Papa darauf geachtet, dass sich nicht zu viel Krempel ansammelte. Das schien Hansi nicht zu tun und entsprechend voll war das Haus.

Ich schlief in einem Zimmer, in dem ein riesen Trümmer von Kleiderschrank stand. Darin bewahrte meine Mutter die Kleidung meiner Oma auf. Sie meinte, dass sie Omas Sachen selbst gut anziehen könnte, wenn sie mal alt wäre. Mutter in Omas Faltenröcken - das wollte ich mir nicht vorstellen. „Ich habe noch eine Badewanne in der Garage stehen", erklärte sie mir. „Hansi hat hier in unserem Haus letztens eine Dusche einbauen lassen. Duschen ist ja auch viel praktischer und kostengünstiger als Baden. Übrigens ist das Badezimmer jetzt seniorengerecht. Wir wollten deinem Vater etwas Gutes tun, also habe ich ihn extra angerufen und gefragt, ob er die Wanne haben will, wo sie doch fast neu ist. Er hat wirklich unverschämt reagiert." Sie machte eine Pause. Scheinbar wartete sie darauf, dass ich fragen würde, was Papa gesagt hatte, aber das tat ich nicht. Allerdings war das nutzlos, denn meine Mutter erzählte mir von selbst Papas Antwort. „Er hat tatsächlich gesagt ich soll mir die Wanne in den Vorgarten stellen und mit Blumen bepflanzen. Stell dir das mal vor. Die gute Badewanne nach draußen! Wo sie tadellos in Ordnung ist. Er scheint genug Geld zu haben. Opas Oberhemden wollte er auch nicht nehmen. Die hätte er gut auftragen können. Schade, dass sie dir nicht passen. Sag mal, dein Vater hat doch die Arbeitsstelle gewechselt. Weißt du, was er jetzt verdient?"

Eins musste ich meiner Mutter lassen: Sie schaffte es immer wieder mich zu verblüffen. Ich schüttelte den Kopf. Selbst wenn ich gewusst hätte, wie viel Geld Papa bekam, hätte ich es ihr sicher nicht gesagt. Meine Mutter zuckte mit den Schultern. „Dir wird er das nicht erzählen. Du hast ja sowieso keine Ahnung. In Zukunft kann ich mich in Ruhe um dich kümmern, damit du endlich wieder an die Arbeit kommst. Obwohl ich mit meinem Projekt beschäftigt bin. Falls du es noch nicht erfahren hast: Ich werde ein Altenheim eröffnen. Das ist etwas mit Zukunft. Aber damit kennst du dich nicht aus."

Damit hatte sie Recht. Mit Altenheimen kannte ich mich wirklich nicht aus. Aber damit konnte ich gut leben. Ich hoffte stark, dass meine Mutter mich nicht als Arbeitskraft für das Altenheim einspannen wollte, denn das war wirklich kein Job für mich.

***

„Ich wette du findest die Schnalle richtig gut. Du machst zwar einen auf cool, aber du guckst sie andauernd an", grinste Dante.

Wir standen im Foyer des Kinos. Die Karten hatten wir schon gekauft. Jetzt vertrieben wir uns die Zeit bis zum Einlass damit, bei einem Bier für Dante und einer Cola für mich die

Frauen abzuchecken. Dante hatte sich vorgenommen, eine Freundin für mich zu finden, obwohl ich manchmal den Eindruck hatte, er würde selbst eine suchen. Aber das konnte nicht sein, er war ja mit Rosa zusammen, obwohl er sich oft nicht so benahm, als wäre er in einer festen Beziehung. Mit seiner Bemerkung hatte Dante völlig Recht. Die kleine Rothaarige am Nebentisch gefiel mir wirklich gut. Sie schien mit ihrer Freundin hier zu sein. Die beiden unterhielten sich und kicherten die ganze Zeit. Obwohl ich mich bemühte sie nicht aufdringlich anzustarren wanderte mein Blick immer wieder zu ihr hin.

„Du kannst es ruhig zugeben. Sie gefällt dir."
Dante würde sowieso keine Ruhe geben, so nickte ich zustimmend. „Ja, sie sieht echt toll aus."

„Dann wollen wir etwas unternehmen!"
Zu meinem Entsetzen rutschte Dante von seinem Hocker, nahm sein Bierglas in die Hand und schlenderte locker auf die Mädchen zu. Einen Augenblick redete er mit ihnen, dann bedeutete er mir herüber zu kommen. Zögernd folgte ich der Aufforderung, wobei ich weder wusste, was ich machen oder sagen sollte,

noch, wohin ich mit meinen Händen sollte. Deshalb steckte ich sie einfach in die Hosentaschen. Vorsichtig schaute ich die rothaarige Traumfrau an und stellte fest, dass sie tolle grüne Augen hatte, aus denen sie mich interessiert ansah. „Hallo", sagte ich probehalber und hielt die Luft an.

„Hallo", antwortete sie. „Ich bin Ann Kristin und das ist meine Freundin Maren." Das klang ziemlich freundlich. Ich atmete erleichtert auf. „Ich heiße Tim. Tim Tulpenfeld." Mehr fiel mir im Moment nicht ein, aber das machte nichts, weil Ann Kristin schon weitersprach. „Tim, du kannst deine Cola ruhig an unseren Tisch holen. Nur wenn du magst natürlich", fügte sie hinzu. Mist, ich hatte tatsächlich mein Glas stehen lassen. „Ja, dann will ich mal ..." Ich glaube, dass ich ziemlich rot wurde, was mir peinlich war. Ann Kristin schien es aber nicht zu bemerken. Ihre Freundin unterhielt sich mit Dante. Sie kriegte sowieso nichts mit.

„Was schaut ihr euch für einen Film an?", fragte ich und fand es gut, dass mir das eingefallen war. Ann Kristin lächelte, was sehr süß aussah. „Wir gehen in ‚Nur mit dir'. Da spielt

Mandy Moore mit. Die habe ich zuletzt in ‚Plötzlich Prinzessin' gesehen. Das war ein richtig toller Film. Ich wette ihr schaut euch Vin Diesel an, oder?"

Damit lag sie völlig richtig. „Stimmt. ‚Tripple X'. Aber ich würde mir mit dir glatt einen Liebesfilm anschauen." Ich staunte selbst über mich, weil mir plötzlich lauter gute Sätze einfielen. Ann Kristin lachte. Auch das war süß. „Du bist ja ein ganz Netter. Sei vorsichtig, sonst nehme ich dich beim Wort."

„Das kannst du", erklärte ich ihr ernsthaft, weil ich es so meinte. „Ich glaube mit dir würde ich in so ziemlich jeden Film gehen."

Dante hieb mir auf die Schulter. „Hört euch den an. Dabei habe ich den Mädels gerade gesagt, dass du ein bisschen schüchtern bist. Wie sollen sie das jetzt glauben?"

Dann war schon Einlass für die Kinos, was bedauerlich war. Ich hätte mich viel lieber noch weiter mit Ann Kristin unterhalten. Dante hatte zwar die Idee, sich hinterher noch mal zu treffen, aber beide Mädchen mussten direkt nach dem Kino nach Hause. Das war aber gar nicht so schlimm, weil Ann Kristin mir nämlich ihre Handy Nummer aufschrieb. Um ehrlich zu sein, kriegte ich nicht so viel von dem Film mit, weil ich mich die ganze Zeit einfach nur freute und mir überlegte, was ich am besten am Telefon sagen konnte, wenn ich sie am nächsten Tag anrufen würde.

„Hallo, hier ist der Typ aus dem Kino. Von gestern. Erinnerst du dich noch?"
Sie lachte total nett, was schon mal gut war.
„Tim. Schön, dass du dich so schnell meldest. Hat dir der Film gefallen?"
„War ganz okay. Vin Diesel halt. Und du? Hast du deinen Film gut gefunden?"
„War ganz okay."
Schweigen.
„Hallo Tim, bist du noch dran?"
„Ich bin hier, Ann Kristin. Übrigens ist das ein schöner Name. Gefällt mir gut. Was ich dich fragen wollte: Sollen wir uns mal treffen? Leider habe ich im Moment keine eigene Wohnung, sonst hätte ich dich zu mir eingeladen."
„Das macht nichts. Es ist sowieso besser, wenn wir uns erst einmal auf eine Cola irgendwo treffen."
„Das ist schön. Wann hast du Zeit? Ich kann dich von zu Hause abholen, wenn du willst.

Das macht mir nichts aus. Oder hast du ein Auto? Willst du lieber allein fahren?"

Wieder ein Lachen, dieses Mal klang es verlegen. „Schön wäre es. Ich habe gar keinen Führerschein. Ich bin erst sechzehn und habe gerade mit der Ausbildung angefangen." Eine kurze Pause. „Das ist doch in Ordnung für dich, nicht wahr?"

„Ach, ich dachte du wärst älter. Aber das ist egal. Ich mag dich."

„Dann ist alles klar. Wie wäre es am nächsten Samstag? Würde dir das passen?"

„Samstag ist perfekt. Sag mir wo du wohnst, dann komme ich vorbei und hole dich ab. Um welche Uhrzeit soll ich da sein?"

Am Samstag stand ich schon vor der Zeit vor Ann Kristins Haustür. Sie hatte mir gesagt, dass ich ruhig bei ihr klingeln sollte, weil ihre Eltern, besonders ihr Vater, wissen wollten, mit wem sich ihre Tochter traf. Das gab mir ein gutes Gefühl. Ich konnte ihren Vater sehr gut verstehen. Wenn ich so eine hübsche Tochter wie Ann Kristin gehabt hätte, dann hätte ich auch jeden Typen abgecheckt, mit dem sie sich abgab. Dass sie erst sechzehn war, störte mich nicht besonders, obwohl ich vier Jahre älter war. ‚Was bedeutet auch schon das Alter, wenn man sich liebt‘, dachte ich und drückte energisch auf den Klingelknopf. Es dauerte eine Weile, dann öffnete eine Frau die Tür. Sie sah Ann Kristin ein wenig ähnlich, aber nicht so sehr. Vor allem nicht, weil sie ein ziemlich verquollenes Gesicht hatte und überhaupt ziemlich dick war. „Ja?“, fragte sie unfreundlich. Ich machte einen Schritt auf sie zu. „Hallo, ich bin Tim. Ich komme, um Ann Kristin abzuholen. Wir wollen eine Cola trinken gehen.“

Die dicke Frau musterte mich weiter wortlos, wobei sie leicht schwankte. Zu meinem Glück kam Ann Kristin an die Tür. „Ich sehe schon, ihr habt euch miteinander bekannt gemacht. Komm doch rein, Tim. Mein Vater wird sich freuen dich kennenzulernen.“

Sie bugsierte mich an ihrer Mutter vorbei, denn um die handelte es sich bei der Dicken. Im Wohnzimmer saß ein Mann auf dem Sofa, der genau so rote Haare hatte, wie Ann Kristin. Sie nahm meine Hand. „Das ist Tim, Papa.“

Der Mann stand auf und gab mir die Hand. „Sehr erfreut. Ich bin Bob, Ann Kristins Vater. Setz dich doch, junger Mann."

Der Vater erschien mir definitiv netter zu sein, als die Mutter, die irgendwo hin verschwunden war. Ich ließ mich auf der Kante eines Sessels nieder und schaute dem Mann in die Augen. Allerdings wusste ich nicht, was ich sagen sollte. Das war aber nicht schlimm, weil Ann Kristin schon losredete. „Hör mal, Papa, wir wollen nur zusammen etwas trinken, das ist alles. Wir haben uns im Kino kennengelernt, das weißt du doch."

Der Vater grinste. „Ja klar, das hast du erzählt. Sie erzählt mir nämlich eine Menge", wandte er sich an mich. „Was machst du so, Tim?"

Die Frage war nicht so gut, weil ich noch immer arbeitslos war. Aber es nutzte ja nichts. Also legte ich los. „Bis vor kurzem war ich bei der Bundeswehr. Für zwei Jahre, um genau zu sein. Das hat mir gut gefallen. Im Moment bin ich arbeitslos, aber nicht lange. Ich bin aktiv dabei, mir einen Job zu suchen."

„Okay, arbeitslos also? Dann sieh mal zu, dass du bald einen Job findest." Der Vater musterte mich streng.

„Natürlich, ich habe auch schon was in Aussicht", sagte ich schnell, ehe er noch weiter meckern konnte. Ann Kristin rettete mich. „Wir wollen jetzt aber wirklich los. Ihr könnt euch ja ein anderes Mal weiter unterhalten."

Schnell stand ich auf. „Wir sehen uns bestimmt bald wieder. Jedenfalls von mir aus", fügte ich sicherheitshalber hinzu.

„Dein Vater ist aber ziemlich streng", sagte ich zu Ann Kristin, als wir zusammen im Auto saßen. Über ihre Mutter redete ich lieber nicht. Sie war uns beim Verlassen der Wohnung nicht mehr begegnet. Ann Kirstin seufzte. „Er denkt, dass er mich beschützen muss, dabei kann ich ganz gut selbst auf mich aufpassen. Aber er ist in Ordnung. Meine Mutter hingegen ...", sie zögerte.

„Deine Mutter?", half ich ihr auf die Sprünge.

„Na ja, ist sie dir nicht komisch vorgekommen?", fragte sie mit einem Seitenblick.

„Ja, schon ...", begann ich zögernd. „Aber warte, bis du meine Mutter kennenlernst. Die hätte sich unter Garantie dazugesetzt und dich mit allem möglichen Müll zugetextet. Deine Mutter hat sich wenigstens rausgehalten."

Ann Kristin legte ihre Hand auf die meine. „Du bist echt süß. Ich sage es dir lieber gleich. Meine Mutter trinkt zu viel Alkohol. Ich hatte die Hoffnung, dass sie sich wenigsten heute etwas zusammenreißt. Wenigstens bis wir weg sein würden, aber das hat sie nicht. Sie flippt nicht aus, oder so. Sie wird einfach teilnahmslos ihrer Familie gegenüber, hängt vor ihrem Computer ab und chattet. Ich weiß, das ist nicht gut, aber was soll ich machen. Mein Vater ist auch ganz hilflos ...", sie zuckte mit den Schultern. Ann Kristin tat mir leid und weil sie so niedlich und hübsch war und weil ich mich ein bisschen in sie verliebt hatte, setzte ich den Blinker und hielt am Straßenrand. „Hey, alles gut. Ich habe mich mit dir verabredet und nicht mit deiner Familie", sagte ich entschlossen.

Was dann geschah, kam irgendwie ganz von selbst. Plötzlich hatte ich meine Arme um sie gelegt und sie ihre um mich und wir küssten uns für eine ganz schön lange Zeit. Als wir uns von einander trennten, waren wir beide atemlos. „So, jetzt trinken wir aber wirklich eine Cola zusammen", japste ich. „Schließlich müssen wir uns erst mal richtig kennenlernen."

***

Mit Ann Kristin lief es gut. Sie erzählte mir, dass sie bald eine Mama werden wollte. Dass sie sich viele Kinder wünschte und nicht arbeiten wollte, sondern nur für ihren Mann und die Kinder da sein. Das hörte sich toll an. Ich hatte mir nie Gedanken über eine Familie gemacht, aber mit Ann Kristin hätte ich gern viele Kinder gehabt.

Wir trafen uns regelmäßig, machten so viel wie möglich zusammen. Leider wohnte ich immer noch bei meiner Mutter und Hansi, so dass wir nicht zu mir konnten. Bei ihr war das auch schlecht, weil ihre Eltern nicht wollten, dass wir zu lange allein in ihrem Zimmer waren. Spätestens nach einer Viertelstunde tauchte ihr Vater auf und wollte irgendetwas wissen. Das war eine ziemlich blöde Situation. Oft dachte ich an meine alte Wohnung in dem Haus, was eigentlich mir gehören sollte und dann wurde ich ziemlich wütend auf meine Mutter. Geküsst und gestreichelt hatten wir uns schon oft, aber weiter waren wir noch nicht gegangen, weil es aus den erwähnten Gründen einfach schwierig war. Ich überlegte hin und her, was zu tun war. Schließlich war es Ann Kristin, die eine Lösung fand:

Eigentlich waren wir verabredet, um ins Kino zu gehen. Wie gewohnt holte ich sie von zu Hause ab, hielt einen Smalltalk mit ihrem Vater und ließ mich von ihrer Mutter übersehen. Auf der Fahrt zum Kino legte sie mir ihre Hand auf den Oberschenkel, was mich ein bisschen nervös machte. „Gefällt dir das?", fragte sie ganz unschuldig.

„Ähm, ja, schon. Aber ich kann mich schlecht auf den Verkehr konzentrieren, Hase", antwortete ich ehrlich. „Wenn du nicht aufhörst, weiß ich nicht, was passiert."

Ann Kristin kicherte. „Oh, ich kann mir vorstellen, was passiert." Sie zögerte einen Moment, dann nahm sie die Hand weg. „Ich habe gar keinen Bock auf Kino", sagte sie leise. Ich bekam einen ganz schönen Schreck. Hatte ich etwas falsch gemacht? „Was ist los? Was willst du stattdessen machen? Du willst doch nicht nach Hause, oder?"

„Nein, natürlich nicht. Wie wäre es, wenn wir zum Kanal fahren. Du weißt schon ... Wir könnten ... spazieren gehen ... oder so?"

Mir fiel ein Stein vom Herzen. Also hatte ich alles richtig gemacht. „Ja klar, das ist eine gute Idee. Ins Kino können wir auch ein anderes Mal gehen."

Es war schon dämmrig, als wir am Kanal parkten. „Zum spazieren gehen ist es ein bisschen dunkel", grinste ich, denn inzwischen hatte ich begriffen, was Ann Kristin mir sagen wollte.

„Das finde ich auch", stimmte sie mir zu. „Was könnte man stattdessen machen? Hast du eine Idee?"

Die hatte ich. Eine sehr gute Idee sogar. Ann Kristin war die zweite Frau, mit der ich Sex hatte und mit ihr war es noch viel schöner, als mit Linda. Denn sie liebte ich aus ganzen Herzen. Es wäre mir sogar recht gewesen, sofort ein Kind mit ihr zu machen. Nachher saßen wir aneinander gekuschelt auf der Rückbank. Ich strich ihr sanft über den Rücken. „Das war aber nicht dein erstes Mal, oder?", fragte ich zögernd. „Wenn du es nicht sagen willst, ist das auch nicht so schlimm", fügte ich sicherheitshalber hinzu.

„Du darfst es gern wissen, ich hatte schon einmal einen Freund", war die Antwort. Es hörte sich nicht an, als wäre es Ann Kristin unangenehm darüber zu reden. „Du hattest doch auch schon Sex mit einer Anderen."

„Na ja", eigentlich wollte ich sagen, dass ich ja auch ziemlich viel älter war, ließ es aber lieber. Es war gerade alles so schön und ich wollte die Stimmung nicht verderben. „Klar hatte ich das", sagte ich stattdessen. Ich beschloss, nicht weiter zu fragen. Ann Kristin war jetzt mit mir zusammen und über ihre Verflossenen wollte ich gar nichts wissen.

Meine Mutter hatte mitbekommen, dass ich mit Ann Kristin zusammen war. Irgendwie war sie zu der Adresse der Eltern gekommen. Wahrscheinlich hatte sie meine Sachen durchstöbert und den Zettel gefunden, auf dem ich die Adresse aufgeschrieben hatte, als ich Ann Kristin zum ersten Mal abgeholt hatte. Jedenfalls fuhr sie unangemeldet zu den Eltern, um sie kennenzulernen. Das sagte sie mir aber erst hinterher, als sie mir erklärte, dass sie Ann

Kristins Eltern ganz schlecht für mich fand. „Was willst du eigentlich? Ich treffe mich nicht mit den Eltern, sondern mit der Tochter und die ist toll!“, widersprach ich und wusste doch, dass es keinen Sinn hatte.

„Wie die Eltern, so die Tochter!“, kam es auch prompt zurück. „Die Mutter ist eine Säuferin, das sieht man auf den ersten Blick und der Vater ist ein mieser Typ. Weißt du eigentlich, was er arbeitet?“, fragte sie, ließ mir aber keine Chance, um zu antworten. „Er ist bei der Müllabfuhr beschäftigt! Wahrscheinlich leert er die Mülltonnen aus. Pfui, wie schmuddelig das ist. Diese Leute sind kein Umgang für dich. Hansi darf ich gar nicht erzählen, in welchen Kreisen du verkehrst. Er wäre entsetzt. Deinem Vater mag das ja nichts ausmachen, aber Hansi ist empfindlich. Schließlich ist er ein Doktor.“

Dieser letzte Satz machte mich richtig wütend. So wütend, dass ich die Beherrschung verlor und mir alles egal war. „Du und ein sauberer Hansi habt es nötig“, schrie ich. „Der Typ ist immer noch verheiratet, weil er sonst Geld an seine Frau abgeben müsste. Und mit dir bumst er. Dabei rutscht du jeden Sonntag in der Kirche auf den Knien herum und machst einen auf fromm. Hast du dem Pastor auch schon gebeichtet, dass du eine Schlampe bist, eine Ehebrecherin, die für Geld alles tut? Du solltest dich schämen. Überhaupt hackst du andauernd auf Papa herum, aber der war ehrlich. Er hat sich sauber von dir getrennt und hat sich scheiden lassen, weil er Ehre im Leib hat. Dann hat er Ulrike geheiratet, weil er sie nämlich liebt und sie ihn. Dabei hat er aufs Geld geschissen. Nicht wie du und dein Hansi. Mein Haus hast du auch verkauft. Dabei hat Papa es dir gegeben, damit ich das mal kriege. Was bist du doch für eine miese Mutter." Erschrocken hielt ich inne. Hatte ich das wirklich gesagt? Hatte ich mich echt getraut? Meine Mutter war ganz weiß im Gesicht geworden. Sie musterte mich mit einem Messer Blick, bei dem mir die Knie weich wurden. Ich glaube, so schaut man jemanden an, den man am liebsten töten würde. „Du meinst also, dass ich eine schlechte Mutter bin? Dabei habe ich alles für dich getan", sagte sie leise, dabei war ihre Stimme eiskalt und zischte irgendwie. „Wenn das so ist, dann kannst du verschwinden. Hansi und ich haben dich hier aufgenommen, weil wir Erbarmen mit dir hatten, Timotheus. Weil du allein unter die Räder kommen würdest. Weil dein fabelhafter Vater sich nicht um dich kümmert. Wenn du der Meinung bist, dass du es bei deinem Vater besser hast, dann geh zu ihm. Hier hast du jedenfalls keine Bleibe mehr." Sie streckte mir ihre Hand entgegen. „Den Hausschlüssel bitte. Pack deine Sachen und verschwinde. Deine Möbel und was sonst noch hier eingelagert ist wirst du innerhalb der nächsten vier Wochen abholen, sonst gehört alles mir."

Mein Kopf fühlte sich ganz leer an und irgendwie hohl. Wie im Traum legte ich den Schlüssel auf den Tisch, ging in das Zimmer, in dem ich schlief und packte mein Zeug zusammen.

„Komm mal her, mein Junge", mein Vater nahm mich in den Arm und drückte mich kurz an sich. „Vielleicht war das schon lange fällig."

„Du bleibst erst einmal bei uns. Du kannst im Arbeitszimmer schlafen. Das ist gar kein Problem. Auch nicht, wenn du Ann Kristin mitbringst", fügte Ulrike hinzu.

Weil ich nicht wusste, was ich machen sollte, war ich direkt nach dem Hinauswurf bei ihnen vorbeigefahren. Jetzt saßen wir in der Küche und überlegten gemeinsam, wie es weitergehen sollte. Ulrike versuchte zu beschwichtigen. „Vielleicht beruhigt sich deine Mutter wieder. Dann können wenigstens deine Möbel bei ihr stehen bleiben. Wenn du ihr vielleicht irgendwann mal sagst, dass es dir leid tut, was du gesagt hast ..."

„Nein", sagte Papa.

„Nein", rief ich im gleichen Augenblick.

Wir sahen uns an und ich merkte, dass Papa das Gleiche dachte wie ich. Mutter würde mir das was ich gesagt hatte nicht vergessen. Sie vergaß nie, wenn jemand etwas Negatives oder gar Übles zu ihr gesagt hatte. Das war schon immer so gewesen. Auch würde sie es Papa niemals verzeihen, dass er sie verlassen hatte und deshalb immer und ewig schlecht über ihn reden. Ulrike konnte sich das nicht vorstellen, weil sie eben ganz anders war als meine Mutter.

„Schau, Liebes", klärte Papa seine Frau auf. „Gisela ist sehr nachtragend. Übrigens ist es ganz in Ordnung, dass Tim auf diese Weise den Absprung gefunden hat, finde ich. Was die Möbel anbetrifft, so werden wir eine Lösung finden. Vielleicht können wir sie kurzfristig in unserem Keller unterbringen." Er wandte sich an mich. „Was meinst du, Sohn? Wenn du erst wieder eine vernünftige Arbeitsstelle hast, dann könntest du dir eine eigene kleine Wohnung mieten. Das wäre doch toll, oder?"

Ich nickte überwältigt, denn Papa sprach mir aus der Seele. Ich trauerte immer noch meiner eigenen Wohnung hinterher. Auf die Idee, eine Wohnung zu mieten, war ich bisher noch gar nicht gekommen. Nicht zuletzt, weil ich immer noch arbeitslos war. Mein Vater schaute mich prüfend an. „Mir ist schon vor einiger Zeit eine Idee gekommen: Du hast doch früher immer davon gesprochen LKW Fahrer zu werden. Würde dir das immer noch Spaß machen?"

Wieder nickte ich, dieses Mal begeistert.

„Nun, das hatte ich mir schon gedacht und habe mich kundig gemacht. Es gibt die Möglichkeit, den LKW Führerschein über das Arbeitsamt zu machen. Das würde auch für dich in Frage kommen. Wenn du den Lappen erst einmal hast, sollte es kein großes Problem sein, einen entsprechenden Job zu bekommen. Sollen wir zusammen zum Arbeitsamt gehen und mit deinem Sachbearbeiter reden?"

Ich schüttelte den Kopf, um meine Gedanken zu ordnen, weil das jetzt alles so schnell ging. „Heißt das nein?", fragte mein Vater erstaunt. „Nein! ja! Also nicht nein, sondern ja. Du hast echt gute Ideen, Papa. Meinst du wirklich, dass ich den LKW Führerschein machen kann?"

„Kannst du, Sohn. Wie ich sagte, habe ich mich kundig gemacht. Die Frage ist eigentlich nur, ob wir zusammen zum Arbeitsamt gehen sollen oder ob du das allein regeln willst."

Ich schluckte. Würde Papa sauer sein, wenn ich ihn nicht zum Arbeitsamt mitnehmen wollte? Ulrike schaute aufmerksam von einem zum anderen. „Ich glaube, dass Tim das allein auf die Reihe kriegt. Es ist toll, dass du ihn begleiten möchtest, Thomas, aber er schafft das schon." Sie lächelte mich lieb an. „Oder, Tim?" Erleichtert atmete ich aus. Ich hatte gar nicht gemerkt, dass ich die Luft angehalten hatte. „Stimmt, das mache ich schon", stimmte ich Ulrike zu.

„Okay, ist nur ein Angebot gewesen, mein Junge", sagte Papa und er klang kein bisschen beleidigt oder eingeschnappt.

Tatsächlich bekam ich die Möglichkeit, den LKW Führerschein zu machen. Diese Maßnahme wurde vom Arbeitsamt bezahlt. Die Ausbildung machte mir einen Heidenspaß. Endlich lernte ich etwas, an dem ich Interesse hatte, das ich sogar richtig gut fand. Papa half mir wieder, die theoretischen Sachen zu lernen. Es ging voran.

Ann Kristin und ich waren nun schon eine ganze Weile zusammen und verstanden uns nach wie vor gut. Je besser ich sie kennenlernte, umso mehr verliebte ich mich in sie. Ich stellte mir vor, dass wir, nachdem ich einen festen Job und eine Wohnung gefunden hatte, zusammenziehen und wie ein richtiges Pärchen leben würden. Vielleicht so wie Papa und Ulrike, die immer noch ziemlich in einander verliebt waren. Hin und wieder gab es Probleme und Streit zwischen uns, aber das fand ich nicht so schlimm. Auch mit Ann Kristins Vater verstand ich mich ganz gut. Nachdem wir uns kennengelernt hatten, war er immer freundlich, unterhielt sich kurz mit mir, wenn ich seine Tochter abholte. Die Mutter bekam ich fast nie zu Gesicht. Wenn wir uns begegneten, ignorierte sie mich nach wie vor.

Nicht so toll war, dass ich immer noch keine eigene Wohnung hatte, sondern bei Papa und Ulrike im Arbeitszimmer wohnte. Obwohl beide mir immer wieder versicherten, dass es ihnen nichts ausmachen würde, wenn Ann Kristin ab und zu bei mir schlafen würde, wollte meine Freundin das nicht. Sie sagte, dass sie sich einfach nicht wohlfühlen würde, weil wir nicht ungestört wären. Das konnte ich nicht wirklich verstehen, weil weder Papa noch Ulrike uns im Arbeitszimmer gestört hätten. Aber Frauen sind manchmal nicht zu begreifen. So fuhren wir weiterhin zum Kanal und liebten uns unter meiner alten Kuscheldecke.

Hinzu kam, dass ich ziemlich viel lernen musste, weil ich nicht durch die Führerscheinprüfung rasseln wollte. So trafen wir uns nicht mehr so oft. Aber das sollte ja kein Dauerzustand sein. Bald würde alles besser. Mein Leben war endlich auf der Reihe.

***

In der letzten Woche hatten wir uns gar nicht gesehen und uns nur zwischendurch immer mal eine SMS geschrieben oder telefoniert. Ich wunderte mich zwar, dass Ann Kristin plötzlich kurz angebunden war, aber ich dachte, dass sie sich schon wieder einkriegen würde.

Heute war ein Samstag. Ich freute mich tierisch auf den Nachmittag und den Abend mit meiner Freundin, wenn ich auch ein komisches Gefühl hatte. Sie hatte mich am Morgen angerufen, weil sie mich unbedingt sehen wollte. Es wäre wichtig, hatte sich gesagt, wollte aber am Handy nicht weiter mit mir reden. Auch sollte ich sie nicht von zu Hause abholen, sie würde zu mir kommen.

Zur verabredeten Zeit kam sie tatsächlich zur Wohnung von Papa und Ulrike. Weil ich wusste, dass sie nicht so gern im Arbeitszimmer mit mir sein wollte, wartete ich im Auto vor der Tür auf sie. Sie sah mich auch gleich und stieg sofort ein. Ich hatte keine Chance auszusteigen und sie in die Arme zu nehmen. Also beugte ich mich zu ihr und gab ihr einen

Kuss. Sie hielt still, erwiderte den Kuss aber nicht.

Weil mir das komisch vorkam, ging ich erst einmal auf Abstand. „Wo sollen wir hinfahren? Hast du etwas geplant", fragte ich vorsichtig.

„Tim, wir müssen reden. Es ist etwas passiert", antwortete Ann Kristin.

Das klang nicht so toll, also beschloss ich, einfach ein bisschen herumzufahren. Vielleicht würde sie den Vorschlag machen zum Kanal zu fahren, wenn sie sich etwas entspannt hatte.

„Stell dir nur vor, meine Eltern trennen sich", platzte sie schließlich heraus. „Meine Mutter zieht aus. Um genau zu sein, geht sie in eine Klinik, wo sie einen Entzug macht. Aber sie will auf jeden Fall nicht mehr wieder bei meinem Vater einziehen, sagt sie."

Ich schaute kurz zu meiner Freundin. Sie sah nicht besonders traurig aus. „Das tut mir leid", murmelte ich trotzdem.

„Muss es nicht. Meine Mutter hat sich noch nie um mich gekümmert. Mein Vater meint übrigens, dass es ganz gut ist, dass es so gekommen ist. Er hat die Nase voll von dem ganzen Theater. Meine Mutter hat sich wohl heimlich mit anderen Männern getroffen oder so ...", hier verstummte Ann Kristin. Ich suchte nach einer Möglichkeit, um anzuhalten, weil ich sie trösten wollte, aber die fand sich gerade jetzt nicht. Also fuhr ich weiter und hielt nach einem Parkplatz Ausschau. „Dann wohnst du ab jetzt mit deinem Vater allein?", stellte ich fest und überlegte, ab wir uns in Zukunft vielleicht doch bei ihr treffen konnten oder ob ich vielleicht sogar bei ihr übernachten könnte. Ann Kristin holte tief Luft. „Tim, ich muss dir etwas sagen."

Das klang verdammt ernst. Um sie etwas aufzuheitern sagte ich: „Was immer du sagen willst, kann so schlimm nicht sein. Oder willst du mit mir Schluss machen?"

„Wenn du es sowieso schon weißt, dann muss ich gar nichts mehr erklären." Ihre Stimme klang erleichtert und froh.

,Das kann sie nicht ernst meinen', war mein erster Gedanke, doch gleichzeitig wusste ich intuitiv, dass es genau so war. Dass sie mich verlassen würde. Die Worte dröhnten in meinem Kopf, der Magen drehte sich mir um, mein Herz klopfte, als würde es mir gleich aus der Brust springen. Mein Mund war plötzlich ganz trocken. Ich schluckte krampfhaft, suchte nach den passenden Worten.

Doch ehe ich antworten konnte, sprach sie weiter: „Ich habe dir schon als wir uns kennengelernt haben gesagt, dass ich gern eine Mama wäre. Eine richtige Mama, nicht so eine wie meine Mutter. Ich möchte viele Kinder und einen Mann, der sich um mich kümmert und Zeit für mich und die Familie hat. Aber du hast niemals Zeit. Immer musst du lernen und so. Wenn du dann den Führerschein hast und einen Job, dann wirst du ständig unterwegs sein und dich noch weniger um mich kümmern können. Eine eigene Wohnung hast du auch nicht. Wer weiß, wann das etwas wird. Das dauert mir alles zu lange. Ich will mein Leben nicht verplempern und immerzu warten."

„Na hör mal! Du bist sechzehn Jahre alt!"

„Ich bin fast siebzehn!"

„Okay, du bist fast siebzehn Jahre alt. Meinst du nicht, dass es noch etwas Zeit hat mit der Familienplanung? Wenn du mir nur ein halbes Jahr gibst, dann kriege ich alles auf die Reihe. Arbeit, Wohnung, alles. Ich will sowieso nicht im Fernverkehr arbeiten, sondern jeden Abend zu Hause sein, außer in Ausnahmefällen. Hase, ich liebe dich! Wirklich! Wenn ich im Moment wenig Zeit habe, so liegt es daran, dass ich etwas erreichen will. Für uns erreichen will...", weiter kam ich nicht.

„Tim, ich bin schwanger", fiel sie mir ins Wort. Diese Nachricht ließ mich noch einmal krampfhaft schlucken. Tausend Gedanken schwirrten mir durch den Kopf. Wieso schwanger? Ich hatte doch immer aufgepasst! Aber wenn es nun mal so war! Schließlich wünschte sich Ann Kristin ein Kind. Warum also nicht. Ich würde eben noch mehr lernen und mich dann gut um meine Familie kümmern. Also wollte sie gar nicht mit mir Schluss machen. Es lag nur daran, dass sie schwanger und mit der Situation überfordert war. Schwangere Frauen verhielten sich halt manchmal seltsam, was an den Hormonen lag. Das hatte ich neulich im Radio gehört. Ich hielt einfach am Straßenrand an ohne mich darum zu kümmern, dass ich im Halteverbot stand. „Das ist ja toll! Natürlich werden wir so schnell wie möglich heiraten. Weiß dein Vater es schon? Du meine Güte, wenn ich das Papa und Ulrike sage. Papa ist bestimmt total sauer sein, weil er jetzt Opa wird ...", platzte es aus mir heraus. Gleichzeitig versuchte ich Ann Kristin zu packen und abzuknuddeln.

Sie wandte sich aus meiner Umarmung. „Es ist nicht von dir, Tim!"

Es brauchte eine Weile, bis der Satz von meinem Ohr, durch den Gehörgang bis in mein Gehirn gesickert war. Ich saß da, als hätte Ann Kristin einen Bolzenschuss Apparat an meine Stirn gesetzt und abgedrückt. Es summte in meinem Kopf. Gleichzeitig fielen mir tausend Sätze ein. ,Das ist egal, weil ich dich liebe und mir ein Zusammenleben mit dir vorstellen kann. Weil ich doch schon für uns geplant habe. Weil du das einzige Mädchen bist, das mich ganz und gar ernst nimmt.' Das wollte ich sagen, aber ich konnte es nicht aussprechen.

„Ich möchte mit dir Schluss machen und mit dem Vater des Kindes zusammen sein. Mit ihm sehe ich eine vernünftige Zukunft. Es wird das Beste sein, wenn ich jetzt aussteige. Ich fahre mit dem Bus nach Hause. Mach's gut, Tim." Sie stieg tatsächlich aus dem Auto und ging in Richtung Bushaltestelle. Erst wollte ich ihr nachlaufen und sie um eine Chance bitten, aber ich brachte es nicht fertig. Wie hatte sie das nur tun können! Ich verstand es nicht. Kinder hätte sie auch von mir haben können. So viel wie sie wollte oder jedenfalls mindestens drei. Nun stand ich vor einem Scherbenhaufen. Dabei hatte ich schon feste Pläne für eine gemeinsame Zukunft gemacht.

Dante meinte, dass ich nicht locker lassen solle und Ann Kristin belagern müsse. Dann würde sie schon von selbst einsehen, dass ich der einzig Richtige für sie wäre. „So mache ich das bei Rosa auch. Sie und die Kinder leben immer noch bei ihren Eltern. Aber ich arbeite dran. Wenn ich erst mal eine geeignete Wohnung gefunden habe, dann ziehen wir zusammen."

„Das hast du schon gesagt, als wir noch bei der Bundeswehr waren", erinnerte ich ihn.

Dante kratzte sich den Kopf. „Das ist nicht so einfach. So lange Rosa und die Kinder bei ihren Eltern leben, können wir Geld sparen, um dann eine richtig tolle Wohnung zu haben. Wir haben eben einen großen Plan."

„Wenigstens sind die Kinder alle von dir. Wie würdest du reagieren, wenn Rosa dich betrügen würde? Würdest du sie dann auch belagern?"

„Wahrscheinlich ja. Ich liebe sie eben. Aber das Problem stellt sich mir nicht. Rosa ist mir treu, da passen schon ihre Eltern auf. Im Gegenteil, sie ist total eifersüchtig, dabei bedeutet mir keine Frau etwas. Nur sie ist meine große Liebe." Diese Aussage ließ mich hellhörig werden. „Du betrügst Rosa doch nicht etwa? Dante! Das kannst du nicht machen."

„Ach was", mein Kumpel bewegte die Hand, als würde er eine lästige Fliege vor seiner Nase wegscheuchen. „Die Frauen laufen mir hinterher. Sie sind doch selbst Schuld. Aber Rosa ist die Einzige, die ich wirklich will." Er wechselte geschickt das Thema. „Jedenfalls solltest du noch einmal überlegen, ob du es nicht doch mit Ann Kristin versuchen willst. Sie war deine erste richtige Freundin."

„Vergiss die Torte, Tim. Sie hat dich bestimmt die ganze Zeit verarscht. Wenn sie fremd rumgemacht hat, dann geschieht es ihr Recht, dass sie jetzt dick ist", Goofy versuchte mich auf seine Art zu trösten.

Ich hatte nach anfänglichem Zögern ein paar Mal versucht, Ann Kristin anzurufen. Vielleicht hatte Dante ja Recht. Er hatte mich ins Grübeln gebracht. Überhaupt wollte ich unsere Beziehung so nicht enden lassen. Auch interessierte es mich, wer der Vater ihres Kindes war. Vor allem aber wollte ich sie fragen, ob sie ganz sicher war, dass das Kind nicht doch von mir war. Ich malte mir aus, wie sie mir weinend eingestehen würde, dass sie nie mit einem anderen zusammen gewesen war und mich nur ärgern wollte, sich aber dann nicht mehr getraut hatte, mir die Wahrheit zu sagen. Ich würde sie in die Arme nehmen und sie auf der Stelle heiraten. Aber Ann Kristin ging nicht an ihr Handy. Auch ein Anruf bei ihr zu Hause brachte nichts. Ihr Vater ging an den Apparat und erklärt mir, dass sie mich nicht mehr sehen wolle und dass sie bald heiraten würde. So gab ich es auf. Vielleicht war ich nicht der Richtige für sie gewesen, wenn ich das auch immer geglaubt hatte.

Jetzt saßen Goofy und ich in seinem Zimmer. Ich trank Cola und er Bier und wir unterhielten uns über die ganze Sache.

„Vielleicht, wenn ich eine Wohnung gehabt hätte, dann wäre alles anders gewesen", überlegte ich laut. „Dann hätte sie bei mir einziehen können und hätte gar keine Gelegenheit gehabt, einen Anderen kennenzulernen. Übrigens ist es Mist bei Papa und Ulrike zu wohnen. Sie lassen mich zwar in Ruhe und sind total nett, aber auf die Dauer sifft es mich ganz schön an, nie allein zu sein. Ich muss unbedingt sehen, dass ich eine eigene Bude kriege. Jetzt, wo ich den Führerschein habe und einen Job in Aussicht müsste das doch wohl klappen."

„Sie hätte auf alle Fälle mit dir Schluss gemacht. Sie hat dich betrogen, bro. Das vergesse mal nicht. Ich konnte Ann Kristin echt gut leiden, aber fremdgehen, das geht gar nicht." Goofy nahm einen fetten Schluck aus seiner Bierflasche. Anschließend schaute er mich prüfend an. „Ich würde auch ganz gern hier weg. Immer kann ich nicht bei meiner Mutter wohnen. Sie hat einen neuen Freund. Mit dem komme ich gar nicht aus. Ewig meckert er herum. Meine Ma ist ganz okay, aber sie hört total auf ihn. Der Typ bestimmt alles. Deshalb habe ich mir überlegt, ob wir beide nicht zusammenziehen sollten. Wir machen eine zwei Mann WG auf. Das wird bestimmt cool. Nur wir Zwei! Keiner quatscht uns dazwischen. High five!"

Er hielt mir seine Hand entgegen und ich schlug ein. Die Idee schien mir genial zu sein. Goofy und ich würden ein super Team bilden. „Hey, bro", sagte ich deshalb. „Das ist die Lösung. Nur du und ich. Keine Weiber, jedenfalls erst einmal."

„Eben, erst mal", erwiderte Goofy mit einem dreckigen Grinsen.

Es wurde ein langer Abend, an dem wir uns die neue Wohnung in allen Einzelheiten ausmalten und an dessen Ende feststand, dass wir eine WG gründen würden. Komme was da wolle. Ich versprach Goofy, dass ich mich um eine passende Wohnung kümmern würde, was ihm nur Recht war, weil er nicht so viel Zeit hatte, wie ich.

***

Eine super tolle Wohnung hatte ich schnell gefunden. Sie war gar nicht weit weg von meiner neuen Arbeitsstelle. Obwohl Papa ziemlich skeptisch war, weil er meinte, dass auf Goofy nicht so ganz viel Verlass war, unterschrieb ich den Mietvertrag. Goofy hatte ich gefragt, ob er mitkommen wolle, weil er sich die Wohnung noch gar nicht angesehen hätte, aber er meinte, dass es gerade schlecht wäre. Er habe andere Dinge im Kopf. So richtig verstand ich zwar nicht, was er meinte, dachte aber, dass er vielleicht gerade so viel arbeiten müsse. Deshalb mietete ich die Wohnung kurz entschlossen alleine an. Eigentlich war das ja auch egal. Schließlich war Goofy ein guter Kumpel, auf den ich zählen konnte, auch wenn mein Vater anderer Meinung war. Ich holte meine Möbel aus Papas Keller und wir stellten sie in die neue Wohnung. Das war ein tolles Gefühl. Endlich hatte ich etwas Eigenes, wenn auch mit meinem Freund zusammen. Einziehen würde ich aber erst, wenn auch Goofy sich eingerichtet hatte. Das war Ehrensache.

Weil ich die ganze Zeit bei Papa und Ulrike wohnte, hatte ich mir etwas Geld zurücklegen können. Davon bezahlte ich die erste Miete, aber das erzählte ich Papa lieber nicht. Goofy würde mir seine Hälfte der Miete schon noch geben, wenn er erst einmal eingezogen war, dachte ich.

Der war langsamer als ich. Er hatte seinen Krempel immer noch bei seiner Mutter stehen und noch keine Gelegenheit gefunden, um umzuziehen, weil er so viel arbeiten musste. Goofy hatte Glück gehabt. Er war nach der Bundeswehrzeit beim Wachschutz untergekommen. Jetzt arbeitete er nachts und bewachte Baustellen, damit dort nichts geklaut wurde, wenn die Arbeiter Feierabend hatten. Weil er einen Nachtschichtzuschlag bekam, verdiente er ziemlich viel Geld, sagte er. Ein Security Man wäre ich auch gern geworden, daran hatte ich bei der Berufswahl gar nicht gedacht. Aber das war jetzt egal, weil ich am nächsten Ersten mit dem LKW fahren beginnen würde. Jedenfalls musste Goofy tagsüber immer ziemlich lange schlafen, damit der nachts fit war, um die Baustellen zu beschützen. Das erklärte ich auch meinem Vater, als er nachfragte, ob wir nicht bald in die neue Wohnung einziehen würden. Er schien mir nicht so richtig zu glauben. Vielleicht war er es aber auch leid, dass ich im Arbeitszimmer schlief und wollte endlich seine Ruhe vor mir haben. Auf alle Fälle überredete er mich, Druck bei Goofy zu machen. Deshalb fragte ich meinen Freund gerade heraus, wann er denn endlich einziehen würde, als ich am nächsten Samstag bei ihm auflief. Er schaute mich verdutzt an. „Wie jetzt, einziehen?"

„Na ja, in unsere Wohnung. Was meinst du denn? Meine Sachen sind schon alle drin. Ich habe sogar Töpfe und Teller für die Küche gekauft. Es ist ein Glück, dass eine Küchenzeile in der Wohnung steht. Sonst hätten wir die auch noch kaufen müssen. Also - wann wollen wir endlich deine Brocken 'rüberbringen? Ich warte nur noch auf dich."

Goofy nahm einen großen Schluck aus seiner Bierflasche. „Du, Tim, das ist aber jetzt ganz schön doof."

„Was ist doof? Wir haben doch alles miteinander ausgemacht. Die WG und so, das war doch alles klar", seine Worte machten mich ziemlich ratlos.

„Bro, da haben wir doch nur herumgesponnen. Wie das so ist, wenn man ein Bier zu viel hat", meinte er zögernd.

„Wie jetzt?", unterbrach ich ihn. „Du hattest vielleicht ein Bier zu viel. Ich trinke keinen Alkohol, das weißt du doch. Wir haben ganz klar ausgemacht, dass wir eine WG gründen. Du und ich. Du hast gesagt, dass du dich mit dem Typen deiner Mutter nicht verstehst und froh bist, wenn du hier raus kommst. Was soll das also?"

Wieder setzte Goofy die Bierflasche an. Dieses Mal trank er sie in einem Zug leer. Anschließend schaute er mir gerade in die Augen. „Bro, da hast du etwas falsch verstanden. Der Lover meiner Mutter ist ein Scheißtyp, das stimmt wohl, aber ich komme schon mit ihm klar. Da ist immer noch meine Ma. Ich hab' mir erst den 3er BMW gekauft. Die Kiste war teuer genug, aber das ist sie mir wert. Dafür läuft ein fetter Kredit. Übrigens haben sie mir meinen Lohn gekürzt. Du weißt schon, der Firma geht es nicht gut und so. Das muss ich hinnehmen, ist immer noch besser als arbeitslos sein. Eine eigene Wohnung? Das kann ich nicht auch noch stemmen. Hier wohne ich warm und trocken. Was der Typ sagt geht zum einen Ohr rein und zum anderen raus. Sorry."

Mir wurde schwindelig und gleichzeitig hatte ich das Gefühl, dass das jetzt nicht mir passieren würde, sondern jemand anderem. „Aber ich habe die Wohnung doch schon gemietet. Meine Sachen sind auch schon alle drin", keuchte ich, weil ich nicht richtig atmen konnte. Schnell nahm ich einen Schluck Cola, an dem ich mich prompt verschluckte. Goofy schlug mir auf den Rücken. „Tut mir leid. Im Moment bin ich echt knapp bei Kasse. Wenn du jetzt einen Job hast, dann kannst du erst einmal allein dort wohnen. Vielleicht habe ich in einem Jahr oder so mehr Kohle. Dann ziehe ich bei dir ein und wir machen eine WG. Versprochen, bro."

Ich überlegte kurz. Vielleicht hatte ich Goofy tatsächlich falsch verstanden. Schließlich hatte er die Wohnung überhaupt noch nicht angesehen. Auch hatte er, als wir beschlossen, eine WG zu gründen, tatsächlich ziemlich viel getankt. Obwohl ich hinterher öfter mit ihm über die Wohnung gesprochen hatte, hatte er vielleicht gar nicht mitgekriegt, dass sie für uns beide gedacht war. Da hatte ich wohl einen

Fehler gemacht. „Ähm, ja, das ist wohl alles ein Missverständnis", sagte ich deshalb mühsam. Goofy schlug mir freudestrahlend auf die Schulter. „Siehst du, dachte ich mir schon, dass du es einsiehst. Willst du noch ne Cola?"

„Ach Tim! Ich habe dir gleich gesagt, dass es mit deinem Kumpel nichts wird. Wie geht es jetzt weiter?" Ich hatte Papa von dem Missverständnis mit Goofy erzählt. Er sah ziemlich wütend aus, redete aber bemüht ruhig mit mir. „Du wirst die Wohnung nicht allein halten können. Wie wäre es, wenn du dir einen anderen Mitbewohner suchst?"
Ich schüttelte den Kopf. „Das will ich nicht. Wer weiß, wer das dann ist. Bestimmt komme ich mit dem nicht klar und alles geht den Bach runter. Kann ich nicht vielleicht weiter hier bei euch wohnen bleiben?", fragte ich vorsichtig.
„Ja, sicher kannst du weiter im Arbeitszimmer schlafen. Das ist kein Problem. Aber dann musst du die Wohnung schnellstmöglich kündigen und natürlich deine Sachen wieder herausholen. Sollen wir zusammen ein Kündigungsschreiben aufsetzen? Das schicken wir

dann per Einschreiben ab, damit nichts schief läuft."

Ich war froh, dass Papa so cool reagierte. Gleichzeitig war ich stolz, weil ich bereits daran gedacht hatte, die Wohnung zu kündigen. Ich hatte dem Vermieter eine SMS geschrieben, in der ich ihm mitteilte, dass ich die Wohnung nicht mehr brauchen würde. Er hatte mir zwar nicht geantwortet, aber das machte mir nichts aus. Vielleicht war er sauer, dass er sich jetzt schon wieder neue Mieter suchen musste. „Gekündigt habe ich schon", erklärte ich deshalb. „Du musst dich um gar nichts kümmern. Das habe ich alles im Griff. Wenn ich nur meine Möbel wieder in euren Keller stellen könnte. Goofy hilft mir auch beim Tragen."

„Der schräge Typ soll sich nicht hier blicken lassen", knurrte mein Vater. „Wie hast du denn die Wohnung gekündigt? Mündlich? Das reicht nicht. Das musst du nämlich schriftlich machen."

„Habe ich getan, Papa. Du kannst mir vertrauen. Ich habe schriftlich gekündigt und es ist alles in Butter. Ehrlich!"

„Okay, mein Sohn. Wenn du es sagst."

***

„Tim, wir müssen miteinander reden."

Dieser Satz, von meinem Vater ausgesprochen, versetzt mich in Aufregung. Das letzte Mal, als er gefallen war, hatte Ann Kristin mich verlassen. Vorsichtig schaute ich meinen Vater an, aber er sah nicht irgendwie sauer aus, oder so. Also hatte ich wohl nichts angestellt. Aber er war extra in mein Zimmer gekommen, also war es etwas Wichtiges, worüber er reden wollte.

Wir hatten tatsächlich die Wohnung wieder ausgeräumt und alles im Keller von Papa und Ulrike verstaut. Das war eine Menge mehr als zuvor, denn ich hatte noch einige Sachen für die Küche gekauft. Ulrike wollte den Küchenkrempel auch nicht haben, weil sie schon genug Teller und Töpfe und so hatte. Sie meinte, dass ich mir das alles verwahren sollte. Schließlich würde ich über kurz oder lang doch noch an eine eigene Wohnung kommen. Mit Goofy redete ich nicht weiter über die unangenehme Geschichte und er sagte auch nichts mehr dazu. Jetzt setzte ich mich vorsichtshalber gerade hin, weil mein Vater ziemlich ernst aussah.

„Nun guck nicht so, Sohn", sagte Papa auch prompt. „Ich, oder besser Ulrike und ich, haben dir einen Vorschlag zu machen. Ist aber nur so ein Gedanke. Du musst nicht darauf eingehen. Wie du bestimmt mitbekommen hast, haben wir uns in der letzten Zeit einiges an Immobilien angeschaut, weil wir gern ein Haus kaufen möchten. Jetzt haben wir ein geeignetes Objekt gefunden. Aber es gibt einen Haken", hier schwieg er für einen Augenblick. Ich wusste nicht, was ich sagen sollte. Scheinbar wollte Papa mich jetzt auch noch sitzen lassen und mit Ulrike wegziehen. Jetzt, wo ich eine Arbeit als LKW Fahrer gefunden hatte und es wieder einigermaßen aufwärts mit mir ging.

„Hey", Papa knuffte mich in die Seite. „Was ist los, du sagst ja gar nichts. Du hast aber schon mitgekriegt, dass wir uns Häuser angeschaut haben, oder?"

„Ja, schon, aber ich habe gedacht, das macht ihr nur so. Aus Langeweile."

Papa schüttelte den Kopf. „Aber Tim. So gut müsstest du uns kennen um zu wissen, dass wir so etwas nicht aus Langeweile machen. Wirklich! Ich glaube, ich hol mal Ulrike her."

Noch immer kopfschüttelnd ging er aus dem Zimmer und kam mit Ulrike im Schlepptau wieder. Die beiden setzten sich mir gegenüber. „Also", fing Papa wieder an. „Wie ich gesagt habe, haben wir ein passendes Haus gefunden. Es gefällt uns richtig gut. Aber es gibt ein Problem dabei. Es ist nämlich so. Das Haus ist nicht so klein." An dieser Stelle schaltete sich Ulrike in das Gespräch ein. „Du meine Güte, Thomas! Spann den Jungen doch nicht so auf die Folter. Tim, es sieht so aus. Das Haus hat zwei Wohnungen. Eine große mit Garten unten, dort möchten wir leben. Oben gibt es noch eine kleine Wohnung. Die wäre genau passend für dich. Könntest du dir vorstellen, dort einzuziehen? Es ist gar nicht weit von hier weg, fast um die Ecke, könnte man sagen."

Mir war ganz heiß geworden, weil ich doch gedacht hatte, dass Papa mich auch nicht mehr haben wollte und ich ausziehen sollte. Auf den Gedanken, dass er mich mit in das neue Haus nehmen würde, war ich gar nicht gekommen.

„Du würdest eine kleine Miete zahlen. Darüber können wir uns noch einigen. Aber erst müsstest du dir die Wohnung natürlich ansehen. Vielleicht gefällt sie dir gar nicht", fügte mein Vater hinzu.

„Ja, nein, klar. Aber ich glaube schon, dass mir die Wohnung gefällt. Das wäre super. Ich habe gedacht, dass ihr mich wegschicke wollt. Weil ich schon so lange hier bin und euch auf die Nerven gehe. Oder das ihr auszieht und keinen Platz mehr für mich habt", sprudelte es aus mir heraus.

„Quatschkopf", sagte Ulrike.

„Blödmann", sagte mein Vater gleichzeitig.

Dann sahen sich beide an und fingen an zu lachen. Ich schaute von einem zum anderen. Ein bisschen war ich neidisch. Es wäre toll gewesen, jemanden an seiner Seite zu haben, mit dem man lachen konnte und vielleicht auch mal traurig sein. Aber scheinbar hatte ich so ein Glück nicht.

***

Meine eigene Wohnung! Endlich! Nach all dem Driss war ich unglaublich froh, dass es endlich geklappt hatte. Auch der Hauskauf von Papa und Ulrike und der anschließende Umzug gingen reibungslos über die Bühne.

Wir einigten uns auf die Miete und ich richtete gleich einen Dauerauftrag ein, damit ich nicht vergessen konnte sie zu bezahlen. Meine Möbel hatten, nach dem langen Kellerdasein, endlich ihren Platz gefunden. Mit Papa und Ulrike verstand ich mich sowieso gut. Es konnte nichts mehr schief gehen.

Inzwischen arbeitete ich schon eine Weile als LKW Fahrer. Das war gar nicht so einfach, wie ich mir das vorgestellt hatte. Weil ich nicht in den Fernverkehr wollte, war es mein Job, Geschäfte zu beliefert, die meistens in der Fußgängerzone lagen. Leider hatte ich im LKW kein Navi, das eine LKW spezifische Routenplanung durchführte. Was nichts anderes bedeutete, als dass ich manchmal in eigentlich zu enge Straßen fuhr, weil das Navi es so anzeigte. Dabei blieb es nicht aus, dass ich unter Zeitdruck geriet, denn die Fuhren waren zeitlich eng zusammengelegt. Einmal streifte ich aus Versehen einen fast neuen, parkenden BMW, weil die Straße zu eng war. Das war mir natürlich ziemlich peinlich. Was mir der Fahrdienstleiter daraufhin sagte, will ich hier lieber nicht wiederholen. Das möchte keiner lesen. Jedenfalls wurde er ganz schön ausfallend. Auch mit dem für mich zuständigen Disponenten lag ich ständig im Clinch, weil er nicht verstehen wollte, dass es kein Kinderspiel ist, einen LKW zu fahren - und das mit einem PKW Navi. Der hatte gut Reden.

Ich strengte mich sehr an, um alles richtig zu machen. Morgens war ich meistens der Erste, der in der Firma war und abends stellte ich als letzter den LKW auf dem Hof ab. Trotzdem meckerte der Fahrdienstleiter ständig mit mir herum. Irgendwie erinnerte er mich an den Meister in meinem Ausbildungsbetrieb. Auch der Disponent hatte ständig Beanstandungen. So machte das Arbeiten keinen richtigen Spaß. Das hatte ich mir ganz anders vorgestellt.

Nach Feierabend war ich meistens so kaputt, dass ich nur noch etwas aß und dann zur Entspannung in einen Chat ging, in dem Leute aus der Umgebung waren. Zwar ist das mit dem Schreiben so eine Sache bei mir, weil ich bei vielen Worten nicht weiß, wie es richtig ist, aber meistens wurde ich ganz gut verstanden. Übrigens stellte ich fest, dass auch andere Leute es mit der Rechtschreibung nicht so genau nahmen. Jedenfalls in dem Chat, im dem ich war. Es war erstaunlich, wie viele Frauen es hier gab, die auf der Partnersuche waren. Weil es ja nicht so ein Dating Portal war, sondern ein Chat zum Quatschen. So allgemein halt. Aber das fand ich ganz gut. Schließlich war ich auch auf der Suche nach einer neuen Partnerin.

Abigail war mir schon öfter aufgefallen, weil sie immer online war, wenn ich in den Chat ging. Ihr Profil gefiel mir auch gut, obwohl sie dort nicht so viele Infos über sich angegeben hatte. Also quatschte ich sie einfach an.

straßenkater @ Abigail:
hei, auch hier. Wie gets dir so?

Abigail @ straßenkater:
Hi zurück. Geht so.

straßenkater @Abigail:
get es dir nich gut?

Abigail @ straßenkater:
Na ja, bin heute irgendwie down. Fühle mich blöd. -niedersein-

straßenkater @ Abigail:
*das tut mir leid. Has du grund dich blöd zu
fühlen oder nur so?*

Abigail @ straßenkater:
*Wie man's nimmt. Ist heute nicht mein Tag.
Mein Chauffeur hat auch gekündigt.*

straßenkater @ Abigail:
*du has einen farer? Das ist supercool. Ich fahr
auch nämlich lkw.*

Abigail @ straßenkater:
*Bis heute hatte ich einen Fahrer, aber der ist
weg. Jetzt muss ich warten, bis mir ein neuer
zuläuft.   -ha - ha-*

straßenkater @ Abigail:
hast du keinen führerschein? Oder bus?

Abigail @ straßenkater:
*Du nervst. Den Führerschein habe ich noch
nicht. Wenn ich den gemacht habe, dann kauft
mein Dad mir einen Porsche. Das hat er mir
versprochen.*

Ich überlegte kurz, ob ich das Gespräch abbrechen sollte, weil Abigail noch keinen Führerschein gemacht hatte, also ziemlich jung war. Aber sie schien reich zu sein und das interessierte mich. So beschloss ich, das Gespräch erst einmal fortzusetzten. Übrigens hatte ich sowieso nichts Besseres vor.

Abigail @ straßenkater:
Hallo, bist du noch da? Erst nerven und dann abhauen ...

straßenkater @ Abigail:
sory, hab mir eben ne cola geholt. Wie alt bis du? weil du keinen führerschein has. ich hab den lkw führerschein for paar monaten gemacht. war schwer aber ich habs gepakt. ich kann dich auch fahren wenn du wills, bin ein guter farer.

Abigail @ straßenkater:
Ich mache den Führerschein bald. Trotzdem brauchen wir einen neuen Chauffeur. Willst du den Job nicht haben? Wo du doch LKW fährst.

Dann kannst du unseren Mercedes auch fah-
ren.
-fettgrins-

Mir blieb erst mal die Spucke weg. Was für ein Glück, dass ich gleich ein reiches Mädchen im Chat kennenlernte, das auch noch einen Job als Fahrer zu vergeben hatte. Vor allem, weil mir mein Job zurzeit keinen Spaß machte. Es musste total cool sein, den ganzen Tag als Chauffeur herumzufahren. Sie konnte nicht all zu weit weg wohnen, weil nur Leute aus meiner Gegend im Chat waren. Das hatte ich extra so angeklickt. Vielleicht funkte es zwischen Abigail und mir sogar. Ich hatte neulich einen Film gesehen, in dem hatte der Fahrer ein reiches Mädchen vor irgendwelchen Killern beschützt. Das war ein super Streifen gewesen, der mir gut gefallen hatte. Ich beeilte mich, um Abigail zu antworten.

straßenkater @ Abigail:
cool, würd ich gerne machen. meins du dein
dad ist einverstanden?

straßenkater @ Abigail:
kanns du mir ein bild von dir runterladen???

straßenkater @ Abigail:
hallo bis du noch da??? abigail???

Ich hieb mit der Faust auf den Schreibtisch vor lauter Frust. Das war jetzt blöd von mir gewesen. Statt das Stellenangebot einfach anzunehmen und dann zu schauen, ob Abigail mein Typ war, hatte ich sie einfach nach einem Foto gefragt. Wahrscheinlich hatte ich sie damit total verschreckt. Oder sie dachte, dass ich mich bloß wegen ihres Geldes an sie ranmachen wollte. Jedenfalls hatte sie sich ausgeklinkt.

Ich beschloss, in den nächsten Tagen so oft wie möglich in den Chat zu gehen. Vielleicht war sie dann auch zufällig online. Dann konnte ich noch einmal versuchen, mit ihr zu chatten.

straßenkater @ Abigail:
hei, da bis du ja. leztes mal wars du auf ein-
mal weg.

Abigail @ straßenkater:
Nicht du schon wieder. Was ist los mit dir?
-genervt sein-

straßenkater @ Abigail:
hab über dein angebot nachgedacht. würde
gerne dein fahrer sein auch ohne bild. erlich.
oder has du schon nen neuen?

Abigail @ straßenkater:
Nein, habe noch keinen neuen Chauffeur. Du
kannst den Job haben. Ich dachte du hast
schon einen Job? Willst du nebenbei bei mir
arbeiten oder was?
-wunder-

straßenkater @ Abigail:
dann kündige ich ebent. is kein ding. job is
sowiso scheisse.

Abigail @ straßenkater:
Ja, das solltest du auf alle Fälle machen.
Kündige deinen Job und dann fängst du zum
nächsten Ersten bei mir an, als Chauffeur.
Ganz klar. Wenn du mir deine Mailadresse
schreibst, dann schicke ich dir direkt einen
Arbeitsvertrag zu. Noch Fragen? Und jetzt
hör einfach auf zu nerven.
-zähneknirsch-

straßenkater @ Abigail:
bestimt? kann ich mich drauf verlaßen?
mailaddy ist tim.t@webs.de, freu mich kündi-
ge gleich. wie is denn dein name. Ich heiß tim
tulpenfeld.

Abigail @ straßenkater:
Ja klar, das musst du unbedingt machen. Aber
jetzt nerv nicht weiter rum, ehrlich. Ich muss
noch meine Termine für die nächste Party mit
Robby Williams und Shaggy checken. Ich hei-
ße übrigens Abigail Narzissenhain.
Bin dann mal weg.

Weg war sie. Na ja, die letzten Sätze waren wohl etwas übertrieben gewesen. Eine Party mit Robby Williams und Shaggy zusammen. Als ob die so viel Zeit hatten, um zusammen auf eine Party zu gehen? Wo sie ja auch so unterschiedliche Musik machten. Wenigstens hatte sie mir ihren Namen gesagt. Komische Namen gab es: Narzissenhain. Aber vielleicht war ihre Familie adelig. Der Name klang so. Ich beschloss, auf jeden Fall erst einmal auf den Arbeitsvertrag zu warten, den Abigail mir auf meine Mailadresse schicken wollte. Vielleicht würde ich den ausdrucken und zur Sicherheit von Papa checken lassen.

***

Am nächsten Tag kam alles anders.

Es fing damit an, dass mein LKW als letzter beladen wurde und ich deshalb als letzter vom Hof fuhr. Aus diesem Grund klappte es terminlich mit dem Liefern nicht ganz so gut. Wie erwartet flippte mein Disponent total aus. Der Mensch war einfach nicht belastbar. Letztendlich schaltete ich ihn weg, weil ich mir sein Gemecker nicht mehr anhören konnte. Anschließend fuhr ich in aller Ruhe Laden für Laden auf meiner Liste an. Was sollte mir auch schon passieren. Ich hatte ja einen super Job als Fahrer so gut wie in der Tasche.

Am späten Abend kam ich wieder auf den Hof der Firma. Hier erwartete mich der Fahrdienstleiter. Er hatte einen Kopf wie ein Feuermelder. „Tulpenfeld, du Pfeife", blaffte er mich sofort an. „Was fällt dir eigentlich ein? Alle anderen Fahrer sitzen zu Hause und haben die Füße hochgelegt, nur du kriegst wie immer nichts gebacken. Hast du beim Fahren wieder mal einen PKW platt gemacht oder weshalb kommst du so spät?"

Ich schaute ihn cool an. „Was soll das denn? Ich mache meine Arbeit gewissenhaft. Das dauert eben etwas länger."

„Gewissenhaft? Das ich nicht lache! Du kriegst es nicht auf die Reihe, das ist der Knackpunkt. Was dein Disponent über dich sagt, das willst du gar nicht wissen, du Knalltüte. Ist dir eigentlich klar, dass ich hier herumhängen muss, bis du dich bequemst, den LKW auf dem Hof abzustellen? Ich bin verantwortlich und du hältst mich von meinem verdienten Feierabend ab. So geht das nicht weiter. Wenn du nicht endlich den Arsch hoch kriegst und deine Arbeit vernünftig machst, werde ich dafür sorgen, dass du rausgeschmissen wirst und zwar fristlos! Da kannst du Gift drauf nehmen."

Ich hatte mir schon viel sagen lassen und alles geschluckt. Aber was zu viel ist, ist zu viel. Zudem sah der Fahrdienstleiter in diesem Moment meinem alten Meister zum Verwechseln ähnlich. Sogar die Stimmen klangen gleich. Ich holte tief Luft. „Pass mal auf", schrie ich, wobei ich ihn vorne an seinem Kittel packte und kräftig schüttelte. „Das lasse ich mir von dir nicht mehr gefallen. Immer meckerst du mit mir herum. Es ist doch egal, was ich mache, weil es sowieso nie richtig ist. Ich will dein blödes Gesicht nicht mehr sehen. Deshalb kündige ich und zwar sofort. Ich habe sowieso eine bessere Stelle gefunden als Fahrer von einem reichen Mädchen. Du .. du ...", mir fiel kein passendes und vor allem genügend beleidigendes Wort für den Typen ein, deshalb schüttelte ich ihn noch einmal kräftig durch. Anschließend warf ich ihm die LKW Schlüssel vor die Füße und fuhr nach Hause. Im Rückspiegel meines Wagens sah ich ihn noch immer mit offenem Mund mitten auf dem Hof stehen. Dort, wo ich ihn geschüttelt hatte. Ein ungeahntes Glücksgefühl überkam mich. Irgendwie hatte ich nicht nur dem Fahrdienstleiter meine Meinung gesagt, sondern auch meinem ehemaligen Meister und den Kollegen, die mich immer verarscht hatten. Allen voran Kevin, dem Armleuchter. Ich beschloss, mir zur Feier des Tages eine türkische Pizza kommen zu lassen, eine Cherry Coke dazu zu trinken und meine Mails zu checken. Vielleicht war ja schon der Arbeitsvertrag von Abigail dabei.

„Sag mir, dass das nicht stimmt!"
Papa lief vor mir hin und her. Ich hatte ihm gleich am nächsten Tag erzählt, was passiert war. Leider hatte er mich nicht richtig verstanden und sich furchtbar aufgeregt. Er glaubte mir nicht, dass Abigail mich als ihren Fahrer haben wollte. Um genau zu sein glaube er nicht einmal, dass Abigail überhaupt einen Fahrer brauchte. Jetzt setzte er sich wieder hin. Ich sah ihm an, dass er sich bemühte ruhig zu sein. „Tim, schau doch mal. Wenn jemand einen Fahrer braucht, dann sucht er sich den

nicht über einen Chat, sondern über eine Agentur. Von mir aus schaltet er auch eine Annonce. Das Mädchen hat dich hoch genommen. Sie hat sich über dich lustig gemacht. Wie kannst du nur so etwas glauben?" Er schlug sich vor den Kopf. „Ich fasse es einfach nicht!"

„Aber Papa, sie hat mir versprochen, dass sie mir den Arbeitsvertrag gleich per Mail zuschickt", versuchte ich zu erklären.

„Und, ist er inzwischen angekommen?"

Ich schüttelte ein wenig mutlos den Kopf.

„Eben", kommentierte mein Vater. „Du kannst versuchen mit dem Fahrdienstleiter zu sprechen, dich zu entschuldigen. Obwohl ich nicht glaube, dass das Sinn macht, wenn du ihn tätlich angegriffen hast. Du kannst froh sein, wenn er keine Anzeige erstattet."

„Aber Papa, ich habe ihn doch bloß ein bisschen geschüttelt. Er ist nicht mal umgefallen. Übrigens entschuldige ich mich nicht bei dem! Auf keinen Fall! Er hat immerzu auf mir herumgehackt. Da möchte ich dich mal sehen. Das würdest du dir auch nicht gefallen lassen. Vielleicht kommt der Arbeitsvertrag noch. Ich werde gleich mal in den Chat gehen und gucken, ob ich Abigail dort finde. Dann frage ich sie." Mein Vater seufzte. „Tu das, Sohn. Falls du nicht erfolgreich bist, musst du dir eben einen anderen Job suchen. Du hast zwar nur mündlich gekündigt, aber die Firma wird die Kündigung sicherlich gern annehmen."

Wie Papa es prophezeit hatte, flatterte bald die Bestätigung meiner fristlosen Kündigung ins Haus. Wahrscheinlich wäre es sowieso egal gewesen, ob ich mich entschuldigt hätte oder nicht. Die Leute in dieser Firma konnten mich einfach nicht leiden.

Von Abigail bekam ich keine Email, noch schlimmer, ich konnte sie im Chat nicht mehr finden. Sie hatte sich wohl total abgemeldet. Vielleicht hatte ihr Vater einen anderen Fahrer eingestellt und sie schämte sich jetzt, mir das zu sagen. Bei Google gab es auch keine Einträge unter ihrem Namen. Sie war und blieb verschwunden. So blieb mir also nichts anderes übrig, als beim Arbeitsamt vorstellig zu werden. Weil ich selbst gekündigt hatte, bekam ich erst einmal kein Geld. Papa und Ulrike halfen mir aus, was mir ganz schön peinlich war.

***

„Schau mal, Tim. Was hältst du von dieser Stelle?", Papa hielt mir eine Zeitung unter die Nase. „Hier ist eine Firma, die Baustellenfahrer sucht. Wäre das nichts für dich? Die LKWs sind nicht all zu groß und mit einem Anhänger musst du auch nicht fahren. Hinzu kommt, dass du bei dieser Art von Tätigkeit nicht sonderlich viel Zeitdruck hast."

Ich strengte mich an, um die betreffende Annonce zu finden. „Ja, klar, ich bin froh, wenn ich wieder Arbeit habe. Dann liege ich euch auch nicht mehr auf der Tasche. Es tut mir so leid, Papa, dass ich immer Schwierigkeiten mache. Ehrlich!"

„Ach was, wozu hat man Familie", knurrte mein Vater. Das tat er immer, wenn er gerührt war. „Weißt du was? Ich kenne jemanden bei der Firma. Vielleicht lässt sich da was machen."

Ich konnte gar nicht anders und drückte Papa einmal fest, was ihn ganz schön verlegen machte. „Das wäre ja so was von toll. Sollen wir auch gleich die Unterlagen fertigmachen? So mit Bewerbung und Zeugnissen?"

„Lass mich erst einmal machen", winkte mein Vater ab.

Mein Leben ist komisch. Oft genug falle ich auf die Nase, aber immer wenn ich denke, dass es nicht weitergeht, habe ich Glück. So war es in diesem Fall auch. Papa sprach mit seinem Bekannten bei der Baufirma und ich bekam tatsächlich den Job. Die Arbeit war nicht so stressig und machte mir deshalb großen Spaß. Ich musste Baumaterialien zu den Baustellen fahren, hatte aber meistens genug Zeit dazu. Manchmal war ich noch etwas langsam, aber im Großen und Ganzen klappte alles ganz prima. Natürlich strengte ich mich mächtig an, um nichts falsch zu machen, was mir auch gut gelang.

An einem Abend, kurz nachdem ich mit dem neuen Job angefangen hatte, ging ich wieder einmal in den Chat. Obwohl ich es aufgegeben hatte, nach Abigail zu suchen und nicht besonders viele Bekannte im Chat hatte, schaute ich immer noch ab und zu hier vorbei. Heute Abend war viel los. Es wurde so viel geschrieben, dass ich große Mühe hatte, überhaupt mitzukommen. Ich war drauf und dran, mich wieder auszuloggen, als ich eine Einladung zu einem Privatchat bekam. Sie kam von einem Mädchen namens Pink. Das fand ich gut, denn Pink ist eine echt geile Sängerin. Wenn das Mädchen sich so nannte, dann sah sie vielleicht sogar ein bisschen so aus, wie der Popstar. Also klickte ich schnell auf den Einverstanden Button.

Pink @ straßenkater:
Hallo!

straßenkater @ Pink:
selber hallo.

Pink @ straßenkater:
Ist ganz schön viel los hier, was. Das mag ich nicht so gerne. Ich unterhalte mich viel lieber in Ruhe.

straßenkater @ Pink:
ich auch. Dein name gefellt mir.

Pink @ straßenkater:
Danke schön. Das finde ich gut. Er kommt
daher, weil ich alles mag, was pink ist. Ich
sage immer: es glitzert, es ist pink - und es
gehört mir.

straßenkater @ Pink:
ich mag pink, aber die frau. Aber die fabe
auch. Solange ich nix anziehen muss was pink
ist.

Pink @ straßenkater:
Keine Sorge, das mache ich schon. Ich würde
sagen, du trägst bestimmt am liebsten
schwarz. Das passt auch prima zu pink. Aber
mal nebenbei: Pink mag ich auch. Family
Portrait ist super.

Ich konnte es nicht fassen. Das war ja eine
Superfrau. Nicht nur, dass sie wusste, dass
meine Lieblingsklamottenfarbe schwarz war.
Sie stand auch noch auf die gleiche Musik wie
ich.
Wir unterhielten uns noch eine ganze Weile
miteinander. Sie erzählte, dass sie mit ihrem

Freund Schluss hatte und dass der sich ziemlich mies benommen hatte. Mit miesem Benehmen von Partnern, eher von Partnerinnen, kannte ich mich wirklich aus. Das sagte ich ihr auch gleich. Irgendwie trösteten wir uns gegenseitig, was eine neue Erfahrung für mich war. Bisher hatte ich keine Frau kennengelernt, die sitzengelassen wurde und deshalb getröstet werden musste. Schließlich stellten wir beide fest, dass es schon ziemlich spät geworden war. Wir verabredeten uns für den nächsten Abend, wieder im Chat.

straßenkater @ Pink:
hallo wie gets dir? mir get es gut. ich hab heute an dich gedacht.

Pink @ straßenkater:
Hallo du. Schön, dass du wieder hier bist. Ich hatte fast nicht damit gerechnet und jetzt freue ich mich. Ich habe auch an dich gedacht.

straßenkater @ Pink:
ich hab dirs doch versprochen. ich bin übrigens tim.

Pink @ straßenkater:
Ich heiße Mandy. Hallo Tim.

straßenkater @ Pink:
hallo mandy. das is ein schöner name.

Pink @ straßenkater:
Sag mal, die Schreiberei hier ist ganz schön
mühselig, oder? Ich glaube du bist nicht so
der Schreibtyp. Von mir aus können wir auch
telefonieren?! Mich würde interessieren, wie
deine Stimme klingt.

***

Junge, Junge, war ich aufgeregt!
Heute würde ich Mandy zum ersten Mal treffen. Wir hatten inzwischen schon ein paar Mal
miteinander telefoniert. Dabei verstanden wir
uns, wie schon im Chat, auf Anhieb. Der Vorschlag für ein Treffen kam von ihr. Schüchtern
schien sie jedenfalls nicht zu sein. Sie wohnte
noch bei ihren Eltern, obwohl sie schon achtzehn Jahre alt war. Aber eigentlich wohnte ich
ja auch bei Papa und Ulrike, nur in einer eigenen Wohnung. Das sagte ich ihr auch.

„Du bist lustig", lachte sie. Es gefiel mir sehr, dass Mandy viel und laut lachte, sogar am Telefon. „Aber du hast doch eine eigene Wohnung. Ich lebe in meinem alten Kinderzimmer. Das ist ein gewaltiger Unterschied. Mein Vater sagt sowieso immer: So lange du die Füße unter meinen Tisch stellst ... Du kennst das bestimmt. Väter sind eben manchmal streng."

„Weiß nicht. Mein Papa ist nicht streng, eher manchmal etwas brummelig. Und Ulrike ist in Ordnung. Sie lässt einen in Ruhe. Du solltet meine Mutter kennenlernen - oder besser nicht. Sie ist sehr streng und gemein. So ist dein Vater bestimmt nicht", erklärte ich ihr.

„Oh je. Dann will ich deine Mutter lieber nicht kennenlernen."

Weil Mandy gar nicht so weit weg von mir wohnte, war ein Date schnell verabredet. Am kommenden Samstagabend wollten wir uns bei Mc Donald's treffen. Dann würden wir sehen, was wir noch unternehmen konnten. Mandy erklärte mir, dass ich sie gut an ihren langen roten Haaren erkennen würde und an ihrem pinken Shirt.

Wieder einmal war ich vor der Zeit am Treffpunkt. Ich überlegte, ob ich draußen auf Mandy warten sollte oder lieber im Lokal und entschloss mich schon einmal reinzugehen. In der Tür stieß ich fast mit einer Person zusammen, die auch hineinwollte. Sie hatte ziemlich lange Haare, die rot gefärbt waren. Quietschrot! Das pinke Shirt fiel bei der Farbe gar nicht besonders auf.

„Mandy?", fragte ich und musterte mein Gegenüber. Eins musste man sagen: Sie war nicht gerade unauffällig. Die Haare, das Shirt, die Glitzerjeans und dazu ihre Figur. Mandy war nämlich nicht schlank. Na ja, um ehrlich zu sein war sie sogar ziemlich dick.

„Tim", strahlte sie und lachte. Das war so nett und ansteckend, dass ich einfach mitlachen musste. Plötzlich war mir ganz egal, ob sie ein bisschen pummelig war oder nicht. Mandy war einfach nett. Ich ließ ihr den Vortritt. Zielstrebig steuerte sie den Tresen an. Hier bestellte sie sich ein McMenü mit einer doppelten Portion Pommes. Das gefiel mir, weil sie nicht wegen dem Essen herumzickte und einfach bestellte, worauf sie Lust hatte.

Nachdem auch ich bestellt hatte und wir vor unseren Tabletts an einem Tisch saßen, lächelte sie mich lieb an. „So habe ich mir dich vorgestellt, Tim." Ein prüfender Blick traf mich. „Und du, was ist mit dir?"

Ich verstand nicht gleich, was sie meinte. Was sollte schon mit mir sein? Verlegen biss ich in meinen Cheesburger. „Wie meinst du das?", fragte ich kauend.

„Na ja, ob du auch gedacht hast, dass ich so aussehe", klärte Mandy mich auf, während sie sich ihr Essen schmecken ließ.

„Ach so", jetzt kapierte ich. Sie war ein bisschen unsicher, weil sie etwas moppelig war. Deshalb fragte sie, ob ich mit ihr einverstanden war. „Ich find' dich total nett", antwortete ich wahrheitsgemäß. „So richtig habe ich mir gar niemanden vorgestellt", fügte ich sicherheitshalber hinzu.

„Dann ist ja gut." Mandy saugte an ihrem Strohhalm und erzeugte dabei Schlürf Geräusche. Das machte ihr gar nichts aus und auch das gefiel mir total. Deshalb schlürfte ich einfach mit.

„Schatz, findest du, dass ich zu dick bin?"
Mandy, nur mit Slip und BH bekleidet, drehte
sich vor dem Spiegel hin und her.

Stöhnend zog ich mir die Bettdecke über den
Kopf. Meine Bemühungen, mich schlafend zu
stellen waren also vergeblich gewesen.

„Sag schon, Schatz, bin ich dir zu dick?"

Ach herrje! Die allgemeine Frage nach ihrer
Figur ließ sich nicht zu ihrer Zufriedenheit
beantworten. Das hatte ich in den Monaten, in
denen wir uns kannten bereits festgestellt.
Aber die Steigerung, nämlich die Frage ob SIE
MIR zu dick wäre, war die böseste Falle von
allen. Egal was ich sagte, es war nicht richtig
und lief darauf hinaus, dass Mandy sauer wurde.

„Also, Schatz, wenn du mit deiner Figur zufrieden bist, dann ist doch alles gut. Was soll
die Frage?", antwortete ich, wie ich fand, sehr
diplomatisch.

Das schien Mandy nicht zu finden, denn sie
musterte mich finster. „Bist du denn mit meiner Figur zufrieden?"

„Schatz, wenn ich deine Figur nicht mögen
würde, dann wären wir nicht zusammen", versuchte ich es noch einmal mit Strategie.

„Das heißt doch bloß, dass ich dir zu dick bin. Du kannst es ruhig zugeben."

Mit einem energischen Ruck zog Mandy sich ihr Shirt über den Kopf und verließ das Schlafzimmer. Noch etwas hatte ich gelernt. Wenn sie sauer war, dann zog sich meine Freundin immer etwas über. Ohne alles zeigte sie sich mir nur bei guter Laune.

Seufzend stieg ich aus dem Bett und beschloss, lieber ins Bad zu gehen, statt mir weitere Vorwürfe anzuhören.

Beim Duschen ließ ich die letzten Monate Revue passieren.

Nach unserem ersten Treffen war alles schnell gegangen. Mandy gefiel mir auf Anhieb und wenn sie äußerlich auch nicht meinem Bild von einer idealen Frau entsprach, so machte sie das mit ihrer offenen Art und ihrer unerschütterlich Lustigkeit wett.

Mit Papa hatte ich vorsichtshalber vor seinem ersten Zusammentreffen mit Mandy gesprochen und ihm gesagt, dass sie nicht so ganz schlank war. Er schaute mich erstaunt an. „Aber Tim! Wenn dir das Mädchen gefällt, dann ist es völlig egal, ob sie dick, dünn, groß, kleine, schwarz oder weiß ist. Was redest du denn da", grummelte er, während Ulrike zustimmend nickte. „Das zu sagen wollte ich dir auch geraten haben, Thomas Tulpenfeld", lachte sie und gab ihm einen dicken Schmatzkuss. Das wiederum brachte Papa zum Schmunzeln.

Nachdem sie Ulrike und Papa kennengelernt hatte, nahm Mandy mich mit zu sich nach Hause, damit ich auch ihre Familie kennenlernte. Ihr Vater war ziemlich laut. Wenn er redete, dann erinnerte er mich an meinen Oberfeldwebel bei der Bundeswehr. Irgendwie schien er ständig Befehle zu geben, auf die allerdings kaum jemand aus der Familie hörte. Auch Mandys Bruder hatte diesen Ton drauf, wobei er auch noch alles besser wusste. Aber dafür war ihre Mutter total nett. Sie backte mir für den ersten Besuch bei ihnen zu Hause extra einen Tortenboden mit Stachelbeeren, weil Mandy ihr erzählt hatte, dass ich den besonders gerne mochte. So versuchte ich, mich mit dem Vater und Bruder einigermaßen zu verstehen. Schließlich gehört die Familie mit dazu, wenn man jemanden kennenlernt.

So ganz viel hatte ich mit ihnen letztendlich nicht zu tun, denn Mandy zog bald bei mir ein.

Sie sagte, dass sie es leid wäre weiter in ihrem Kinderzimmer zu wohnen und sich von ihrem Vater unnötige Vorschriften machen zu lassen. Das konnte ich gut verstehen.

Weil Mandy in einem Büro arbeitete, erklärte sich gleich bereit, mir den ganzen Papierkram abzunehmen. Bisher hatte Papa mir ziemlich viel geholfen, aber auch er schien froh darüber zu sein, dass meine Freundin das übernahm. Überhaupt kamen er und Ulrike prima mit Mandy zurecht, was mich natürlich total freute.

Auch mit dem Job als Baustellenfahrer kam ich ganz gut zurecht. Mein Leben war richtig schön. Jedenfalls im Moment.

Ein Bubbern an der Badzimmertür holte mich zurück in die Gegenwart. „Sag mal, Tim Tulpenfeld, willst du den ganzen Tag duschen", rief Mandy.

Beim Frühstück musterte meine Freundin mich kritisch, was mich dazu veranlasste, ihrem Blick auszuweichen. Ich hoffte, dass sie nicht schon wieder mit der ‚ich bin dir zu dick' Nummer anfing. Zu meiner Erleichterung hatte sie das nicht vor.

„Sag mal, müssen wir heute ins Kino gehen", fragte sie stattdessen.

Ich horchte auf. Auch dieser Satz klang nach Ärger. „Klar gehen wir ins Kino. Das habe ich Goofy fest versprochen", antwortete ich trotzdem. „Er hat sowieso schon herumgemosert, dass wir uns kaum noch treffen. Aber das ist ganz normal, wenn man eine Freundin hat. Ich will so viel Zeit wie möglich mit dir verbringen, Hase."

Mandy zog die Nase kraus. „Aber ich habe gar nicht so viel Bock auf Kino. Mein Bruder legt heute bei einer Fete auf. Er hat gefragt, ob wir Lust haben hinzukommen. Das wird bestimmt total gut."

„Hase, das hättest du mir früher sagen sollen. Goofy rechnet fest mit uns. Übrigens weißt du doch, dass ich nicht auf große Feten stehe. Das wird sowieso wieder wie beim letzten Mal. Du kennst jede Menge Leute und quatscht mit ihnen, während ich herumstehe und mich langweile. Alkohol trinke ich auch nicht. Irgendwann sind alle voll und reden gequirlten Mist. Das ist öde", versuchte ich zu erklären.

„Das du keinen Alkohol trinkst und nur lustlos herumstehst deine Sache. Ich habe mich jedenfalls gut amüsiert. Goofy ist so langweilig und er stinkt. Ehrlich, das muss ich mir nicht antun."

Was war heute nur mit Mandy los? Sie schien auf Krawall gebürstet zu sein. Trotzdem versuchte ich ganz ruhig zu bleiben. „Ich gebe ja zu, dass er manchmal ein bisschen komisch riecht. Aber das kommt davon, dass seine Mutter nicht so oft wäscht. Also er wäscht sich schon. Nur seine Klamotten werden nicht ..."

Meine Freundin unterbrach mich. „Das ist mir völlig egal. Jedenfalls stinkt Goofy. Ich werde ihm das gelegentlich sagen. Vielleicht wechselt er dann seine Unterhosen öfter. Dante riecht dagegen immer total gut und er geht gern auf Feten. Besser aussehen tut er auch. Wir sollten uns überhaupt viel öfter mit ihm treffen, statt mit deinem müffelnden Goofy."

„Ich glaube nicht, dass es an den Unterhosen liegt. Und sag ihm das bitte nicht, sonst ist er beleidigt. Das möchte ich nicht, schließlich ist er seit der Bundeswehrzeit mein Freund. Genauso wie Dante."

Schließlich einigten wir uns darauf, dass Mandy zu der Fete ihres Bruders gehen würde, während ich erst mit Goofy ins Kino ging und anschließend hinzukommen würde. Ich nahm mir fest vor, Goofy mit auf die Fete zu bringen. Mandy sollte sich nicht so anstellen. Goofy gehörte zu meinem Leben und daran würde sie nichts ändern können.

Letztendlich war die Fete genauso langweilig, wie ich es befürchtet hatte. Zumal Goofy nicht mitkam, weil er keine Lust hatte. Sie endete damit, dass ich eine Menge betrunkener Leute nach Hause fahren musste und zum krönenden Abschluss Mandy die Haare aus dem Gesicht hielt, während sie über der Kloschüssel hing, abwechselnd vor sich hin fluchte und sich übergab.

Leider geschah in dieser Zeit etwas, mit dem ich nicht gerechnet hatte: Meine Mutter mischte sich wieder in mein Leben ein. Eigentlich hätte ich es mir denken können, dass sie irgendwann wieder auf der Bildfläche auftauchen würde. Eine Person wie sie wird man nur schwer los. Sie schreckte nicht einmal davor zurück, Papa anzurufen und sich nach mir zu erkundigen.

Das hatte einen besonderen Grund. Sie hatte nämlich erfahren, dass ich mit einer Frau zusammengezogen war. Jetzt wollte sie Mandy unbedingt kennenlernen. Zuerst blockte ich alles ab, weil ich genau wusste, dass ein Treffen nur zu neuen Problemen und Verwicklungen führen würde. Aber irgendwie ließ sich meine Mutter nicht abhängen. Sie kriegte tatsächlich die Telefonnummer von Mandys Eltern heraus. Dort rief sie an und beschwerte sich massiv, dass wir sie nicht besuchen würden. Die wiederum redeten uns ins Gewissen, weil sie meine Mutter nicht kannten und dachten, sie wäre eine arme, traurige Mama, die von ihrem Sohn allein gelassen würde. Auch Mandy konnte sich nicht vorstellen, wie meine Mutter in Wahrheit ist. Sie redete auf mich ein und bestand darauf, meine Mutter zu besuchen. Gegen so viel Gerede konnte ich mich einfach nicht mehr wehren und so machten wir an einem Sonntagnachmittag einen Schwiegermutter Besuch.

Meine Mutter lebte immer noch mit Hansi zusammen. Sie hatte tatsächlich ein Altenheim eröffnet, für das ihr Hansi eine Menge Geld gegeben hatte. Jedenfalls erzählte sie uns das.

„Investiert, Gisela, nur investiert", erklärte Hansi und grinste dabei wie eine Hyäne, was auch deshalb so aussah, weil er total gelbe, große Zähne hatte. „Du bist eine interessante Geldanlage. Bei deinem Geschäftssinn ist das kein Wunder. Du bringst mir gutes Geld ein."
Ich hatte gar nicht damit gerechnet, dass Hansi auch daheim war. Auf ihn hätte ich gut und gerne verzichten können.

„Meinen Geschäftssinn habe ich schon mehr als einmal unter Beweis gestellt, mein Bester", antwortete meine Mutter, ohne mit der Wimper zu zucken. „Nun zu dir", wandte sie sich Mandy zu. „Du bist also bei meinem Tim eingezogen. Du hast noch zu Hause gelebt, sagt dein Vater? Da hast du nicht viel zu Tims Haushalt beigetragen, was? Hast dich in das gemachte Nest gesetzt." Das hörte sich so an, als würde sie mit einem Dienstboten sprechen. Irgendwie von oben herab.

„Na hör' mal, Mutter", sagte sich empört.
Mandy legte mir die Hand auf den Arm. „Wie meinen sie das? Mit den Kosten für die Wohnung kommen Tim und ich gut zurecht. Wir teilen uns alles. Wir wollen uns bald ein paar

neue Möbel kaufen. Es ist ja nicht so toll, was Tim in der Wohnung stehen hat."

Meine Mutter holte tief Luft. „Was soll das heißen? Die Sachen, die Tim in der Wohnung stehen hat sind von seiner Großmutter. Die sind noch lange gut, weil die Möbel früher von einer ganz anderen Qualität waren als heutzutage. Was soll er sein Geld für Billigmöbel ausgeben. Er sollte lieber sparen, damit er endlich auf einen grünen Zweig kommt."

„Die Qualität von früher sieht man", konterte Mandy und sah sich provokativ im Wohnzimmer um, das mit alten, dunklen Eichenmöbeln bestückt war. „Die Möbel sind zwar oll, aber nicht kaputt zu kriegen."

Hut ab. Meine Mandy war nicht auf den Mund gefallen.

„Also ...", Mutter zog scharf die Luft ein. Dann wandte sich sie Hansi zu, der uninteressiert auf seinem Handy herumdaddelte. „Hansi, hier spielt die Musik! Sag doch auch mal was!", fuhr sie ihn an.

„Ja, also, wo waren wir stehen geblieben?" Fast tat Hansi mir leid, denn er guckte ganz verschreckt und ließ sein Handy in die Tasche gleiten.

„Wieder einmal typisch für einen Akademiker. Du bist aber auch immer so abwesend", tadelte ihn meine Mutter ihn. Zu meinem Erstaunen klang das deutlich milder, als ich es von ihr gewohnt war. „Was macht dein Vater eigentlich?", fragte sie meine Freundin, wobei ihr Tonfall schon wieder schärfer klang. Wieso sie Mandy nicht leiden konnte war mir schleierhaft. Schließlich kannte sie meine Freundin doch gar nicht.

„Mein Vater ist Betriebsschlosser. Meine Mutter Hausfrau. Die beiden sind seit vierzig Jahren glücklich verheiratet, miteinander wohlbemerkt", ratterte Mandy herunter. „Ach ja, und ich arbeite zur Zeit in der Buchhaltung. Deshalb kann ich mich um Toms Unterlagen kümmern. Er hat ja alles durcheinander liegen gehabt."

Meine Mutter schnappte nach Luft. „So, das machst du also auch schon! Wie sieht es mit seinem Konto aus? Kümmerst du dich darum auch?"

Hansi legte ihr begütigend die Hand auf den Arm. Es war ihm anzusehen, dass er am liebsten wieder sein Handy gezückt hätte, damit er nicht mehr zuhören musste.

Ehe Mandy und meine Mutter weiter stritten, mischte ich mich ein.

„Das ist eine gute Idee. Ich komme mit den ganzen Banksachen sowieso nicht so gut klar. Wenn du das auch in die Hand nehmen willst, Hase, dann wäre das toll. Wir teilen sowieso alles. Wo wir jetzt zusammenwohnen. Wer weiß, vielleicht heiraten wir sogar bald."

Auf die Idee hatte mich jetzt meine Mutter gebracht, wenn auch unbeabsichtigt. Also nicht die Idee mit dem Heiraten, das hatte ich nur so gesagt, damit meine Mutter verstand, dass es mir sehr ernst mit Mandy war. Aber das sie sich um meine Bankgeschäfte kümmerte war naheliegend. Wo sie sich doch so gut mit Bürodingen auskannte.

Mandy strahlte mich an. „Klar mache ich das. Ich helfe dir, wo ich kann, Schatz. Was das Heiraten anbetrifft wollen wir nichts überstürzen. Sie müssen sich also darüber noch keine Gedanken machen."

Den letzten Satz sagte sie in Richtung meiner Mutter, die sie mit ihren Blicken zu ermorden schien. Aber wenigstens sagte sie nichts weiter dazu.

***

Ausgerechnet an einem Samstag, an dem ich
frei hatte und relaxen wollte, bekam ich unangenehme Post. Nichtsahnend fischte ich den
Brief aus dem Kasten. Es ging um die Wohnung, in die ich vor einiger Zeit mit Goofy
einziehen und eine WG gründen wollte. Der
Vermieter behauptete, dass die Wohnung nicht
ordnungsgemäß gekündigt worden war und
verlangte die ausstehende Miete. Das konnte
nur ein Irrtum sein, denn ich hatte die Wohnung ja per SMS gekündigt.

Mandy, der ich den Brief zum Lesen gab, war
nicht meiner Meinung. Sie meinte, dass man
eine Wohnung per Brief kündigen müßte. Alles Andere wäre nicht in Ordnung. „Manchmal
bist du aber auch ein Blödmann", sagte sie
finster. „Wovon sollen wir das denn bitte bezahlen?"

Zur Sicherheit ging ich mit dem Schreiben zu
Papa und zeigte es ihm. Obwohl er sonst immer bemüht ruhig war, ranzte mein Vater
mich ganz schön an: „Ich habe dich damals
extra gefragt, ob du die Wohnung gekündigt
hast, Junge. Das hast du offensichtlich nicht
gemacht. Und jetzt erzähl mir nichts von ir-

gendwelchen SMS. Das geht ja wohl gar nicht. Du wirst bezahlen müssen. Ob du es willst oder nicht." An dieser Stelle mischte sich Ulrike ein. „Nun komm wieder runter, Thomas. Wenn du herumschreist, so hilft das niemandem. Sag, Tim, hast du das Geld?"

Natürlich hatte ich das Geld nicht. Ich arbeitete ja gerade seit ein paar Monaten wieder und hatte einige Ausgaben gehabt, weil ich Mandy Sachen geschenkt hatte. Sie hatte mich nicht direkt darum gebeten, aber ich sah es ihr an, dass sie diese komischen, teuren Stiefel und die nicht weniger kostspielige Jacke haben wollte. Also machte ich ihr die Freude. Hinterher hatte sie immer besonders gute Laune und dankte es mir auf ihre eigene Art.

„Du hast es nicht", stellte mein Vater fest, ohne dass ich etwas sagen musste. Ich nickte niedergeschlagen, worauf Papa mich düster musterte. „Wir werden dir das Geld borgen. Du zahlst es in monatlichen Raten zurück."

„Danke. Ich zahle euch ganz bestimmt alles wieder zurück. Ehrenwort!" Mir fiel ein Stein vom Herzen und ich wollte gleich wieder in meine Wohnung, um Mandy zu sagen, dass sie sich keine Sorgen machen musste.

Mein Vater hielt mich zurück. „Einen Moment, Sohn. Wo wir einmal dabei sind, ernste Dinge zu besprechen, können wir darüber sofort mit dir reden. Ulrike und ich haben den Eindruck, dass du dich in deiner jetzigen Wohnung ganz wohl fühlst und Mandy auch. Könntest du dir vorstellen, die Wohnung zu kaufen? Dann müsstest du keine Miete mehr zahlen, sondern nur deine Nebenkosten. Du und wir werden uns sowieso immer einig, wenn etwas ist. Weißt du, ich würde dir die Wohnung schenken, wenn es möglich wäre, aber wir haben ja selbst eine Hypothek aufgenommen, um dieses Haus kaufen zu können."

Ich schluckte. Was hatte sich Papa denn da ausgedacht. Klar fühlte ich mich in meiner Wohnung total wohl. Zudem war sie groß genug, um auch mit einer Familie dort zu leben, aber ...

„Ach, Papa", seufzte ich. „Ihr wisst doch, dass ich gern hier lebe und am liebsten für immer hier wohnen würde. Es ist das erste Mal, dass ich mich überhaupt richtig wohl fühle. Aber wovon sollte ich die Wohnung bezahlen. Ich kann nicht mal die Mietschulden begleichen, die ich seit heute habe, das wisst ihr genau."

„Ich habe einen guten Plan, über den ich schon länger nachgedacht habe", grinste Papa. „Deine Mutter hat das Haus verkauft, das eigentlich für dich sein sollte, und das Geld behalten. Wie wäre es, wenn wir gemeinsam mit ihr reden, denn so geht das nicht. Wenn sie mich schon außen vor lässt, so ist das eine Sache. Das ist nicht fair von ihr, aber ich kann damit leben. Dir kann sie auf keinen Fall deinen Pflichtteil vorenthalten! Damit kann ich nicht leben! Ich will unbedingt, dass du eine sicher Bleibe hast, wenn uns etwas passiert. Die Wohnung ist eine sichere Sache und die Nebenkosten kannst du immer aufbringen, Sohn."

Ich schüttelte ungläubig den Kopf. „Was redest du denn da. Euch passiert schon nichts. Daran möchte ich nicht denken. Wie stellst du dir das überhaupt vor? Meinst du, dass Mutter freiwillig Geld herausrückt? Nie im Leben. Du kennst sie doch. Wenn es um Geld geht, dann schreckt sie vor nichts zurück. Übrigens hat sie gesagt, dass sie alles in das Altenheim gesteckt hat."

Jetzt grinste Papa noch fetter. „Einfach wird es nicht werden, aber die Aufgabe ist zu bewältigen. Wie du so richtig bemerkst, kenne ich deine Mutter gut. Sie hat mit Sicherheit genug Geld auf der hohen Kante. Wir müssten halt ganz massiv werden, ihr vielleicht ernsthaft damit drohen, dass wir dein Erbteil einklagen. Dann wollen wir doch mal sehen. Glaub mir, letztendlich wird sie nachgeben."

„Ehrlich, Papa?"

„Ehrlich, Sohn!"

Also ging ich guter Dinge wieder zurück in meine Wohnung. Hier erwartete mich eine strahlende Mandy. „Während du unten warst, habe ich eine Menge geregelt", erklärte sie.

„Was? Wie meinst du das?", fragte ich verblüfft. Ihre schlechte Laune war wie weggeblasen und über meine Mietschulden schien sie sich auf einmal auch keine Gedanken zu machen. Hatte sie in der Hinsicht etwas geregelt? Brauchte ich mir gar kein Geld von Papa leihen? Hoffnungsvoll sah ich sie an, wurde aber bitter enttäuscht.

„Na ja, Goofy hat gerade auf deinem Handy angerufen. Du hast doch nichts dagegen, dass ich an dein Handy gehe, nicht wahr. Wenn du nicht da bist, jedenfalls. Es hätte ja auch etwas Wichtiges sein können."

„Alles gut. Klar kannst du an mein Handy gehen. Was hast du geregelt?", mir schwante fürchterliches, das sich tatsächlich bewahrheitete, denn sie fuhr freudestrahlend fort.

„Also ... weil ich ihn gerade mal am Telefon hatte, habe ich ihn gefragt, ob er nicht, statt andauernd mit dir ins Kino zu gehen, lieber mal mit auf eine Fete kommt, wenn mein Bruder auflegt. Er hat gesagt, dass er im Prinzip nichts dagegen hat, obwohl er Kino besser findet ...", hier stockte Mandy und sah gar nicht mehr so vergnügt aus. „Und dann hat er noch gesagt, dass er findet, dass mein Bruder grauenhaft auflegt. Als ob Goofy Ahnung von Musik hätte! Das hat mich total wütend gemacht, was du doch sicher verstehen kannst. Also habe ich ihm unter die Nase gerieben, dass er mal öfter seine Wäsche wechseln sollte, weil er müffelt. Man muss sich für ihn schämen, wenn man ihn irgendwohin mitnimmt! Keine Ahnung, wie du das aushältst."

„Das hast du ihm echt gesagt?" Vor lauter Verblüffung fiel mir nichts weiter ein.

„Einer musste ihm das ja mal sagen. Schließlich stinkt er wie ein Wasserbüffel."

Ich durchforstete mein Gedächtnis, trotzdem fiel mir nicht ein, wie ein Wasserbüffel roch.

„Er hat auch gar nicht viel dazu gesagt. Daran siehst du, dass ich Recht habe. Wahrscheinlich hat er es eingesehen und schämt sich jetzt."

Vorsichthalber sagte ich nichts mehr. Schließlich wollte ich nicht, dass Mandy wieder schlechte Laune bekam. Ich nahm mir einfach vor, in Ruhe mit meinem Freund über die ganze Sache zu reden. Also erzählte ich ihr lieber, was mein Vater ausgeheckt hatte. Dass wir versuchen würden, Geld von meiner Mutter zu bekommen, damit ich die Wohnung kaufen und für immer hier leben konnte. Das fand Mandy gut, weil ihr die Wohnung auch gefiel. Allerdings hatte sie Zweifel, ob meine Mutter sich so einfach von einem Teil ihres Geldes trennen würde.

Leider bekam ich vorerst keine Gelegenheit dazu, mit Goofy zu sprechen. Er meldete sich einfach nicht mehr. In den nächsten Tagen versuchte ich öfter ihn zu erreichen, aber er ging nicht an sein Handy. Auch SMS beantwortete er nicht. So ließ ich ihn erst einmal in Ruhe. Vielleicht würde er sich von selbst wieder beruhigen.

***

„Das find' ich super. Ich wollte schon immer mal mitfahren." Wenn sie gut drauf war, verbreitete Mandy eine unglaublich gute Laune, die einfach unwiderstehlich ansteckend war. Ich hatte ihr schon lange versprochen, sie einmal im LKW mitzunehmen, obwohl das streng verboten war. Heute endlich hatte es geklappt. Mandy hatte ein paar Tage frei. Meine Tour war easy. Mit Komplikationen war nicht zu rechnen, weil der Fahrdienstleiter heute Vormittag nicht da war. Beim Auf- und Abladen achtete niemand darauf, dass noch jemand im Führerhaus saß.

„Was ich verspreche, das halte ich auch, Hase. Ich erfülle dir alle Wünsche", sagte ich locker und versuchte besonders entspannt auszusehen. Schließlich wollte ich einen guten Eindruck auf meine Freundin machen.

„Das weiß ich", gurrte die, strich mir über den Oberschenkel und rückte näher. Mir wurde heiß. Obwohl es ein angenehmes Gefühl war, nahm ich ihre Hand von meinem Bein. „Hey, lass das."

„Och, wie schade. Ich dachte das würde dir gefallen", schmollte sie.

„Es gefällt mir ja auch, aber wenn du so weiter streichelst, dann kriege ich einen Steifen und dann kann ich mich schlecht auf den Verkehr konzentrieren. Wir fahren nicht gerade langsam", erklärte ich ihr.

Mandy lachte. „Entspann dich, ich sehe ein, dass die dich im Moment konzentrieren must. Auf den Verkehr." Das letzte Wort betonte sie extra. „Aber wenn du langsamer fahren würdest, dann wäre das etwas anderes, nicht wahr. Ich habe es noch nie jemandem während der Fahrt gemacht. Das würde ich gern ausprobieren. Meinst du, dass du kommen kannst, wenn ich mit meinem Mund ..."

Der Gedanke an die Dinge, die Mandy mit ihrem Mund machen konnte, brachte meine Konzentrationsfähigkeit bedenklich in Gefahr. Trotzdem versuchte ich total cool zu sein. „Klar geht das, wenn du es richtig machst, Hase. Wir werden es bald mal ausprobieren. Aber jetzt geht das eben nicht, obwohl ich es mir wünschen würde."

Das hätte ich lieber nicht sagen sollen, weil Mandy mich falsch verstand. Als wir in die Baustelle einfuhren, in der ich meine Ladung Splitt abladen sollte, griff sie mir nämlich zwischen die Beine. Wenigstens hatte sie sich vorher noch mal umgeschaut und festgestellt, dass weit und breit kein Mensch zu sehen war. Jedenfalls konnte ich gar nicht so schnell reagieren, wie sie ihre Brüste entblößt, meine Hose geöffnet hatte und sich ans Werk machte. Was soll ich sagen, das Gefühl war unbeschreiblich. So versuchte ich den LKW in der Spur zu halten und ließ sie einfach machen. Leider überschätzte ich mich.

Ich kam.

Es kam zum Supergau.

Der LKW geriet nämlich in Schieflage, weil ich ihn nicht mehr in der Spur hielt, sondern irgendwie auf unebenes Gelände geriet. Wie in Zeitlupe kippte das Teil um.

„Du bist wohl bekloppt, Tulpenfeld! Nimmst deine Ische einfach mit und ihr fummelt während der Fahrt herum? Ich habe schon viel erlebt, aber das schlägt dem Fass die Krone ins Gesicht. Du bist fristlos gefeuert. Nimm deine Schlampe und beweg dich vom Hof. Ich will deine Fratze nie wieder sehen", schrie mein Boss. Neben ihm stand der Fahrdienstleiter. Die Farbe seines Gesichts war violett, ihn schien jeden Augenblick der Schlag zu treffen. Wenigstens blieben Mandy und ich bei dem Unfall unverletzt, doch war die Situation eindeutig gewesen. Das war kein Wunder, denn ehe wir aus unserer Benommenheit erwacht waren, umringten uns schon etliche Bauarbeiter, die sich gegenseitig grinsend auf meine offene Hose und Mandys blanken Busen aufmerksam machten. Ein Pech aber auch, dass die Brüste bei dem Unfall nicht wieder ins Shirt hineingerutscht waren.

Während der LKW geborgen wurde, hatte man uns zurück zur Firma gefahren. Hier erwarteten mich bereits mein Boss und der Fahrdienstleiter. Während Letzterer mit seinem Blutdruck kämpfte, schrie mein Chef sofort los. Ich ließ seine Tiraden mit gesenktem Kopf über mich ergehen. Er hatte ja Recht. Ich hatte mich unverantwortlich verhalten und den Hinauswurf mehr als verdient. Also nahm ich Mandy, die offensichtlich etwas sagen wollte bei der Hand und zerrte sie zu meinem Auto, wo wir wortlos einstiegen. „Was soll ich bloß Papa sagen", rief ich, nachdem wir von Hof gefahren waren, hilflos aus.

„Wehe du sagst ihm, dass ich dir einen geblasen habe. Du hättest wirklich besser aufpassen müssen, dann wäre nichts passiert. Es ist alles deine Schuld. Trotzdem hätte der Chef dich nicht so beleidigen dürfen. Wenn du mich gelassen hättest, dann hätte ich ihm aber meine Meinung gesagt!", Mandy klang total empört. Na ja, ich hätte wirklich besser aufpassen oder sie gar nicht an mich heran lassen sollen. Das sah ich ein. Wie man es auch drehte - ich war auf jeden Fall wieder einmal der Looser. Es war so typisch für mein Leben. Immer wenn ich dachte, dass es super wäre, bekam ich einen Satz heiße Ohren und schon erschien alles hoffnungslos. Aber jetzt musste ich erst einmal gut überlegen, was ich Papa und Ulrike erzählen würde. Das lenkte mich von meinen düsteren Gedanken über mein Leben ab.

***

„Wirklich, Junge, du hast aber auch ein Pech! Allerdings hättest du Mandy nicht mitnehmen dürfen, das ist dir ja wohl klar. Aber wenn man jung ist, dann macht man schon ganz schön viel Mist, ohne über die Folgen nachzudenken."

Wir hatten beschlossen, so weit wie möglich bei der Wahrheit zu bleiben. Also erzählten wir den Hergang der Unglücksfahrt ziemlich genau. Nur, dass Mandy an mir herumgemacht hatte ließen wir aus. Papa nahm meine Kündigung erstaunlich ruhig zur Kenntnis. „Soll ich mal mit deinem Boss reden? Oder mit dem Typen, den ich bei der Firma kenne? Eine fristlose Kündigung ist völlig überzogen. Du hast doch sonst deine Arbeit immer gut gemacht."

Mandy und ich sahen uns an. Auf keinen Fall sollte Papa mit irgendwem von der Firma Kontakt aufnehmen. Das konnte nicht gut gehen. „Lass mal, Papa", sagte ich deshalb schnell. „Es würde nichts ändern. Überhaupt bin ich doch nicht so super klargekommen. Das wollte ich dir aber nicht sagen. Eigentlich bin ich froh, dass ich den Job los bin. Vielleicht tauge ich nicht zum LKW Fahrer."

„Eben, da müssen wir schon ganz realistisch sein", fügte Mandy hinzu. „Wie sieht das auch aus, wenn du, Thomas, jetzt dort aufläufst. Tim ist doch alt genug, um seine Sachen selbst zu regeln." Mein Vater schaute verblüfft von einem zum anderen. „Wenn ihr meint", sagte er verunsichert. „Aber vielleicht wäre es ganz gut, wenn ich ..."

Ich legte meinen Arm um seine Schultern. „Lass mal, Papa. Du meinst es gut, ich weiß, aber ich möchte das nicht. Ich muss mir halt einen neuen Job suchen."

Mandys Vater reagierte ganz anders als Papa. „Da sieht man mal wieder, auf was für einen Kerl du dich eingelassen hast. Wie kann man denn einen LKW umkippen?", dröhnte er.

„Das passiert schon mal, wenn man auf unebenes Terrain kommt", versuchte ich ihm zu erklären. Allerding stieß ich auf taube Ohren.

„Blödsinn. Erzähl mir nichts. Du kannst nicht fahren, das ist es. Mir wäre das nicht passiert."

„Eben, mir auch nicht", grinste der Bruder. Am Liebsten hätte ich ihm das Grinsen aus dem Gesicht gehauen, nahm mich aber ziemlich zusammen. Es war halt Mandys Familie und ich musste mit ihr leben. Also schaltete ich ab und nahm mir ein weiteres Stück Kuchen. Gedankenverloren kaute ich.

„Tim und sein Vater sind überzeugt davon, dass alles gut klappt. Dann gehört die Wohnung ihm. Ist das nicht großartig."

Die Nennung meines Namens ließ mich aufhorchen.

„Dann haben wir kaum noch Kosten, weil die Miete wegfällt. Ihr werdet sehen, es geht bergauf. Tim hat bestimmt auch bald wieder einen Job."

Es war rührend, wie nett Mandy über mich sprach. Ich lächelte sie verliebt an.

„Aber nicht als Fahrer. Das kann er offensichtlich nicht." Ihr Vater wischte mit einem Satz das Lächeln aus meinem Gesicht und das mühelos. Schließlich war der Nachmittag vorbei. Ich hatte Mandy wieder für mich, ohne ihren Anhang. Bis zum nächsten Familientreffen ...

Es dauerte zum Glück nicht lange, bis ich wieder einen Job hatte. Dieses Mal bewarb ich mich ich als Gabelstaplerfahrer im Lager einer großen Firma. Ich bekam den Job. Das Gabelstapler fahren lag mir, ich kam zum ersten Mal wirklich gut zurecht. Na ja, einen Gabelstapler kann man so schnell nicht umkippen. Auch, dass ich feste Arbeitszeiten hatte, fand ich toll und, dass ich immer wusste, was ich machen sollte. Das sagte mir der Vorarbeiter ganz genau. Mit den Kollegen verstand ich mich gut, wenn ich auch keinen Freund fand, wie es Dante und Goofy waren. Mein Leben lief wieder einmal in geregelten, vorhersehbaren Bahnen. Ich war sehr glücklich.

Zudem klappte das Zusammenleben mit Mandy immer besser. Sie stand sogar früh mit mir auf, um mir Butterbrote für die Arbeit zu machen, obwohl sie im Büro viel später mit der Arbeit anfing als ich im Lager. Dafür arbeitete sie nachmittags länger. Oft machte sie auch noch Überstunden. Nach einer so langen Schicht kam sie immer total müde und kaputt nach Hause. Sie erklärte mir, dass sie die Überstunden nicht bezahlt bekommen würde, weil das in ihrem Anstellungsvertrag so geregelt war. Natürlich regte ich mich darüber auf, aber Mandy meinte, dass daran nichts zu ändern wäre. Überhaupt regelte sie so ziemlich alles, was das tägliche Leben anbetraf. Sie kümmerte sich um meine Geldangelegenheiten und meine Unterlagen. Sie putzte die Wohnung und kochte jeden Tag. Als ich ihr erzählte, dass ich so gern das Apfelmus von

meiner Oma gegessen hatte, kochte sie jede
Woche eine große Schüssel davon.

Was mir nicht so gut gefiel war, dass sie zwei
Zwergkaninchen kaufte, die sie im Arbeitszimmer einquartierte. Das roch nicht besonders angenehm. Warum das so war, weiß ich
nicht. Vielleicht, weil sie den Käfig der Tiere
nur ab und zu sauber machte? Keine Ahnung.
Sie ließ auch nicht mit sich reden, sondern
wollte die Tiere unbedingt behalten. Ich hielt
mich von den Kaninchen fern, weil ich doch
eine Allergie gegen Tierhaare habe und tröste-
te mich damit, dass sie die Tiere sicher ab-
schaffen würde, wenn wir erst einmal eine
Familie gegründet hätten. Denn Mandy war
die Richtige für mich, das wusste ich genau.
So begann ich zu überlegen, wie und wann ich
ihr einen Heiratsantrag machen könnte.

Aber zunächst geschah etwas, mit dem ich
niemals gerechnet hatte: Meine Mutter erklärte
sich bereit, mir Geld für meine Wohnung zu
geben. Papa hatte zunächst ohne mich mit ihr
geredet. Von diesem Gespräch war er ziemlich
wütend zurückgekommen, wollte aber nicht so
richtig mit mir darüber reden. „Sie ist und

bleibt deine Mutter, Tim. Ich möchte nicht, dass du dich mit ihr überwirfst. Deshalb versuche ich erst einmal allein mit ihr über dein Erbe zu reden."

„Das ist nicht in Ordnung, Papa. Es ist schließlich mein Geld. Wäre es nicht besser, wenn ich wenigstens dabei bin? Vielleicht hilft das sogar."

Mein Vater schaute mich einen Moment lang nachdenklich an. „Ich weiß nicht. Du kennst deine Mutter. Sie sagt manchmal Sachen, die nicht angenehm sind. Ich möchte einfach nicht, dass sie dich so verletzt, dass du es ihr nicht verzeihen kannst."

Ulrike mischte sich ein. „Also eigentlich wollte ich mich aus dieser Geschichte ganz heraushalten, aber es gelingt mir doch nicht", sagte sie mit einem schiefen Grinsen. „Ich finde schon, dass Tim dabei sein sollte, wenn du das nächste Mal mit seiner Mutter sprichst, Thomas. Schließlich geht es um sein Geld. Du willst doch gar nichts davon haben, sondern ihm eine sichere Existenz schaffen. Und das finde ich, ist völlig in Ordnung. Tim ist alt genug, um einzuordnen, was seine Mutter sagt. Mal nebenbei, Gisela ist alt genug um zu wissen, was sie von sich gibt. Vielleicht hilft es sogar, wenn Tim dich zu einem Gespräch mit ihr begleitet."

„Eben, das finde ich auch", erklärte ich und zwinkerte Ulrike zu, weil ich sie einfach gern hatte und weil sie fast immer auf meiner Seite stand. Papa zog eine Grimasse. „Dann bin ich wohl überstimmt, was. Okay, ich werde deine Mutter anrufen und noch einmal einen Termin ausmachen, zu dem du mitkommst."

***

Bevor er an der Haustür klingelte, drehte Papa sich zu mir um. „Bitte, Tim, lass dich nicht provozieren. Manche Sachen kann man nur einmal sagen, weißt du." Ehe ich antworten konnte, stand meine Mutter in der Tür. „Wenigstens seid ihr pünktlich. Kommt rein."

Sie führte uns in das Esszimmer, wo ein paar Tassen und eine Kaffeekanne standen. Vorsichtig schaute ich mich um, aber zu meiner Erleichterung war von Hansi nichts zu sehen. Als wir saßen, schenkte meine Mutter uns Kaffee ein. „Ihr wollt also Geld von mir haben!", begann sie das Gespräch.

„Na ja, Gisela, eigentlich ist es ein Teil des Geldes, den du für unser gemeinsames Haus bekommen hast. Um das ein für alle Mal klarzustellen: Ich möchte überhaupt nichts von dir. Das Geld soll für Tim sein und es steht ihm zu", erklärte mein Vater energisch.

Meine Mutter funkelte mich an. „Du kannst nicht einmal warten, bis ich gestorben bin, was. Dann erbst du sowieso alles was ich habe."

„Ähm", so richtig wusste ich nicht, was ich darauf antworten sollte.

„Das dauert zu lange. Wie ich dich einschätze, wirst du mindestens hundert Jahre alt, Gisela. Bis dahin ist der Junge selbst im Rentenalter und kann mit seinem Erbe nicht mehr ganz so viel anfangen", grinste mein Vater.

„Also das ist doch ...", meine Mutter fixierte Papa kalt. „Das ist typisch. Erst verlässt du mich eiskalt und jetzt wirst du unverschämt."

Papa blieb bemerkenswert ruhig. „Schau, Gisela. Wenn ich nicht wüsste, dass du das Geld hast, würden wir hier gar nicht zusammensitzen."

„Eben. Ich möchte die Wohnung in Papas Haus gern kaufen. Dann gehört sie mir und ich muss mir keine Gedanken darum machen. Vielleicht gründe ich bald eine Familie", fügte ich hinzu, wobei ich merkte, dass Papa unmerklich den Kopf schüttelte. Er schien es nicht so gut zu finden, dass ich davon sprach, Mandy zu heiraten und Kinder mit ihr zu bekommen. Schnell war mir klar weshalb.

„Ach, du hast also vor, diese unförmige und unmögliche Person zu heiraten? Das sind schöne Neuigkeiten! Hat sie dich endlich so weit? Sie ist doch nur auf dein Geld aus, merkst du das denn nicht. Wenn sie alles hat, dann lässt sie dich sitzen", schnappte meine Mutter. Papa legte mir beruhigend die Hand auf den Arm. „Herrgott, Gisela, jetzt lass Mandy in Ruhe. Die Wohnung soll allein Tim gehören. Wenn alles vor einer eventuellen Ehe über die Bühne geht, dann hat das Mädchen bei einer Scheidung keinen Anspruch auf die Immobilie. Im Übrigen wird Tim sicher nicht so schnell heiraten."

„Aber wenn er stirbt, dann erbt sie alles. Jedenfalls, wenn die beiden verheiratet sind." Diese Bemerkung meiner Mutter machte mich total wütend. „Das glaube ich jetzt nicht! Sag mal, spinnst du eigentlich? Du hast mein Haus verkauft obwohl Papa es dir anvertraut hat, damit ich es einmal bekomme. Jetzt möchte ich nicht einmal die Hälfte vom Verkaufserlös haben und du erzählst irgendeinen Schwachsinn von wegen was passiert wenn ich sterbe. Schämen solltest du dich. Wenn du mir mein Geld nicht gibst, dann werde ich dich verdammt nochmal verklagen."

Zu meinem Erstaunen sagte meine Mutter erst einmal nichts. Auch Papa schaute mich verblüfft an. „Der Junge hat Recht", sagte er dann leise. „Wenn es nicht anders geht, dann müssen wir es wohl auf die harte Tour machen." Er stand auf. „Komm, Tim. Es hat keinen Sinn."

„Setzt dich hin!"

Papa ließ sich wieder auf seinen Stuhl sinken. „Ich bin bereit, Tim eine Summe von 50.000 Euro auszuzahlen. Allerdings muss er mir schriftlich geben, dass er auf weitere Forderungen verzichtet. Er wird eine Erklärung unterschreiben, dass dieser Betrag einzig für den Kauf der Wohnung verwendet wird. Weiterhin wird er ein Testament aufsetzten, in dem er mich zur Alleinerbin macht. Wenn er diese Forderungen erfüllt, kann er das Geld gleich mitnehmen. Falls er dem zuwider handelt, werde ICH IHN verklagen."

Mein Vater öffnete den Mund, scheinbar wollte er etwas sagen. Dann klappte er ihn wieder zu. Er sah ziemlich verblüfft aus.

„Okay, das ist in Ordnung", sagte ich schnell, denn mir war klar, dass es kein besseres Angebot geben würde.

Meine Mutter ging aus dem Raum und kam kurz darauf mit einem Schuhkarton unter dem Arm zurück, den sie langsam auf dem Tisch abstellte.

„Jetzt sag mir nicht, dass du ...", krächzte Papa.

Mit einem gekonnten Schwung nahm sie den Deckel ab. Wie bereits vermutet enthielt der Karton Geld. Viel Geld! Um genau zu sein fünfzigtausend Euro in kleinen Scheinen.

„Ihr könnt schon mal mit dem Zählen anfangen. Ich drucke eben die erwähnten Erklärungen und das Testament aus. Tim kann dann alles unterschreiben." Ich habe meine Mutter nicht oft gut gelaunt oder gar lustig gesehen, aber in diesem Moment hatte sie ein engelgleiches Lächeln im Gesicht, während sie aus dem Zimmer schwebte.

„Das glaube ich jetzt nicht!" Papa war immer noch fassungslos.

„Egal, lass uns einfach zulangen", mit diesen Worten griff ich in den Karton und begann damit, mein Geld zu zählen.

Auf dem Heimweg drehte ich das Radio ganz laut auf. Modern Talking sangen ‚Ready For The Victury', das erschien mir irgendwie passend. „Donnerwetter. Ich habe nicht gedacht, dass deine Mutter mich noch überraschen kann. Aber das war unglaublich", überschrie Papa Modern Talking, was ihm tatsächlich mühelos gelang.

„Siehst du, es war gut, dass wir zusammen zu ihr gefahren sind. Das war geballte Manpower", grinste ich. Mir fiel etwas Beunruhigendes ein. Ich machte das Radio leiser. „Sag mal, Papa. Ist das überhaupt genug Geld für die Wohnung? Ist sie denn nicht mehr wert, als fünfzigtausend?"

„Ist sie, aber weißt du, Sohn, das ist schon alles in Ordnung. Mach dir deshalb mal keine Gedanken. Ulrike und ich machen dir einen Freundschaftspreis. Oder einen Familienrabatt, wenn du so willst."

***

„Du siehst fantastisch aus! Wenn ich nicht mit Rosa zusammen wäre, dann würde ich dich sofort vernaschen." Dante verschlang meine Mandy förmlich mit den Augen. Sie lächelte kokett und klimperte mit den Wimpern. „Zum Fremdgehen habe ich keine Zeit, wo ich doch immer Überstunden machen muss."

Beide brachen in Gelächter aus, was ich nicht ganz nachvollziehen konnte. Ich zuckte entnervt mit den Schultern. Es passte mir nicht, dass Dante sich in der letzten Zeit immer so krass an meine Freundin heranmachte, auch wenn er das nicht ernst meinte. Aber Date war mein einziger Freund, deshalb sagte ich nichts. Nachdem Mandy nämlich mit Goofy über seinen Geruch geredet hatte, blockte der alles ab. Irgendwann hatte ich es aufgegeben ihm hinterherzulaufen. Es tat mir zwar schrecklich leid, dass wir keinen Kontakt mehr hatten, aber wenn er nichts mehr mit mir zu tun haben wollte, dann konnte ich es nicht ändern.

Mit Dante kam Mandy prima aus, die beiden schienen auf einer Wellenlänge zu liegen. Er war es auch, der meine Freundin davon überzeugt hatte, sich bei den Weight Watchers anzumelden. Sie haderte seit ich sie kannte mit ihrem Aussehen, weil sie sich selbst als zu dick empfand. Während ich versuchte ihr klar zu machen, dass ich sie liebte und es mir egal war, ab sie fünf Kilo mehr oder weniger wog, sagte ihr Dante bei jeder Gelegenheit, dass er ihre Figur nicht mochte. Es war erstaunlich, wie sie seine Bemerkungen wegsteckte, ohne eine Miene zu verziehen. Mir gegenüber verhielt sie sich total anders. Selbst bei dem allerkleinsten Verdacht auf Kritik an ihrer Person ging sie an die Decke. Dabei kam es nicht darauf an, was mir an ihr nicht passte. Sie akzeptierte nur Anerkennung und Zustimmung. Manchmal fand ich das nicht so toll und es wurmte mich natürlich, dass sie Dante alles durchgehen ließ, aber ich sagte mir, dass ich ja auch meine Fehler hatte und Mandy damit klarkommen musste.

An diesem Wochenende war Dante bei uns zu Besuch. Er hatte Stress mit Rosa, wie so oft in der letzten Zeit. Sie unterstellte im wieder einmal, dass er sie betrügen würde. Überhaupt hatte sie nicht vor, jemals mit ihm zusammenzuziehen. Über die Gründe erzählte Dante nichts. Viel mehr schimpfte über Rosas Eltern, weil sie von Anfang an gegen die Beziehung gewesen waren und weil sie versuchten, die Kinder von ihm fern zu halten. Wenn man bedachte, dass Rosa und er vier Stück miteinander hatten, dann hatte die Ablehnung der Eltern nicht viel gebracht.

Jetzt nahm Dante Mandy bei der Hand und drehte sie gekonnt im Kreis, was diese sich kichernd gefallen ließ. „Ich hoffe, dass dein Macker es zu würdigen weiß, wie schön du jetzt bist", schleimte er. „Du bist eine ganz neue Lady geworden, Prinzessin."

Wirklich hatte sich Mandy sehr verändert. Nicht nur, dass die Pfunde gepurzelt waren, auch hatte sie mit dem Joggen und einem Krafttraining angefangen, was ihrer Figur enorm zugute kam. Die Haarfarbe war nicht mehr quietschrot, sondern irgendwie blond mit ganz wenig rot. Das sah klasse aus. Dazu schminkte sie sich neuerdings und hatte sich neue, total enge und kurze Klamotten gekauft. Ja, meine Mandy war ein echter Hingucker geworden. Ich war mir allerdings nicht sicher, ob ich das so toll fand, denn sie hatte sich nicht nur äußerlich verändert.

Weil ich nach wie vor nicht der Typ war, der in Clubs abhing, ging sie neuerdings mit ihrer Freundin dort hin. Wenn ich mich anbot sie abzuholen, winkte sie ab, erklärte mir, dass das nicht nötig wäre. Manchmal kam sie gar nicht nach Hause, sondern schlief bei ihrer Freundin. Dann besuchte sie anschließend gleich ihre Eltern und ließ sich erst wieder am Sonntagabend blicken. Das gefiel mit natürlich nicht, aber ich sagte nicht viel dazu. Einerseits wollte ich nicht den eifersüchtigen Freund herauskehren, andererseits hatte ich Bedenken, dass Mandy dann auf mich sauer sein würde. Das wollte ich unbedingt vermeiden. Es war in der letzten Zeit ohnehin schwer genug, mit ihr auszukommen.

„Meinst du ich bin blind, oder was", sagte ich nicht besonders freundlich zu Dante.

„Whow, whow, alles gut. Lass mal stecken, Kumpel." Er ließ Mandy los und setzte sich breitbeinig auf die Couch.

„Tim ist in der letzten Zeit öfter so", beschwerte sich meine Freundin. „Vielleicht passt es ihm nicht, dass ich jetzt auf meine Figur achte. Er schaufelt ja weiterhin ungesunde Sachen wie Pommes und Pizza in sich rein. Überhaupt ist er so langweilig. Nie kommt er am Wochenende mit. Sitzt immer nur zu Hause herum." Sie pustete sich die Haare aus dem Gesicht, was ziemlich sexy aussah.

„Hase, du weißt doch, dass ich nicht tanze und mir auch nichts aus Musik mache. Jedenfalls nicht aus der Musik, wie sie im Club gespielt wird. Aber wenn du es unbedingt möchtest, dann komme ich gern auf die Geburtstagsfeier deiner Freundin mit", versuchte ich zu begütigen. Mandy verdrehte die Augen. „Pah, das sagst du jetzt. Als ich dich vor ein paar Wochen gefragt habe, da hast du ganz anders reagiert. Jetzt ist alles geplant. Du kannst nicht einfach so mitkommen. Die Chance hast du verpasst. Und sag nicht immer Hase zu mir, das klingt irgendwie ...", sie suchte nach einem passenden Wort. „ ... dick!", ergänzte sie schließlich. Im Grunde war ich froh nicht mitgehen zu müssen, weil ich Mandys Freundin nicht besonders gut leiden konnte, was auf Gegenseitigkeit beruhte.

„Wirklich, Tim, du musst etwas für die Beziehung tun", mischte sich Dante ein. „Ich würde sofort mitkommen, egal, wohin Mandy geht."

Er wandte sich an Mandy. „Hase sagt er übrigens zu allen seinen Freundinnen. Wahrscheinlich, damit er sich nicht mit den Namen vertut."

Er mochte mein Freund sein, aber heute ging er mir stark auf den Geist. „Das sehe ich, was du alles für deine Beziehung tust", knurrte ich. „Rosa, du und die Kinder leben ja auch schon jahrelang zusammen. Ihr seid eine richtig glückliche Familie, was. Also hör bloß auf mir gute Ratschläge zu geben und kümmere dich um deinen eigenen Kram."

Dante grinste mich an. Es schien ihm nichts auszumachen, dass ich ihn anpestete. Auch Mandy nahm mich nicht wirklich ernst. Sie holte eine Flasche Sekt aus dem Kühlschrank. „Was meinst du, Dante? Tim trinkt ja leider keinen Alkohol. Aber du stößt doch mit mir an, nicht wahr!"

Das wurde mir alles zu dumm. Ich wandte mich meiner Spielekonsole zu. „Macht doch was ihr wollt. Ich zocke jetzt eine Runde und dann gehe ich ins Bett, bin sowieso kaputt."

Tatsächlich ging ich bald schlafen, weil ich nicht weiter mit Dante und Mandy diskutieren wollte. Die beiden saßen noch lange zusammen, quatschten miteinander und tranken Sekt. Mitten in der Nacht kam meine Freundin zu mir ins Bett gekrabbelt. Schlaftrunken wollte ich sie in meine Arme ziehen, aber sie wehrte mich ab. „Pfoten weg. Ich bin total müde."

Also ließ ich sie lieber in Ruhe.

„Alter, was ist los mit dir?", sprach mich Dante am nächsten Vormittag an. „Das ist doch nicht normal, dass du um halb zehn schon pennen gehst. Hast du das öfter?"

„Na ja, manchmal schon", druxste ich. Dante war immerhin mein Freund und es tat mir leid, dass ich am Abend so mit ihm umgesprungen war. Er sah mich aufmerksam an. „Ganz klar, du hast Depressionen. Ehrlich, mein Freund. Ich habe auch schon welche gehabt und mir ging es genauso wie dir. Ich wollte nirgends hin, schon gar nicht raus gehen und hatte immer schlechte Laune. Bei jeder Gelegenheit habe ich herumgesickt. Rosa habe ich nicht gut behandelt. Fast hätte ich sie verloren. Und das alles wegen den Scheiß Depressionen. Alter, das musst du behandeln lassen, bevor es zu spät ist."

Ich überlegte. Konnte es wirklich sein, dass ich krank war? Dass ich deshalb nicht mehr so gut mit Mandy klar kam und mit Dante auch nicht. Vielleicht hatte sie sich gar nicht verändert, sondern ich. „Meinst du?", fragte ich vorsichtig.

„Ja, Alter, glaub mir. Du musst zum Arzt. Der kann dir was verschreiben oder er gibt dir 'ne Einweisung. Dann kannst du ins Krankenhaus gehen und dich auskurieren. Hinterher geht es dir besser. Mach das! Echt jetzt. Ich habe meine Erfahrungen damit."

„Vielleicht sollte ich wirklich zum Arzt gehen. Der hilft mir sicher weiter."

Papa und Ulrike schauten mich gleichermaßen skeptisch wie schockiert an. „Wie jetzt, Depressionen?", schnaufte Papa.

„Na ja, ich werde so schnell sauer und verstehe ich gar nicht mehr mit Mandy. Es kann sein, dass es an meinen Depressionen liegt. Ich möchte sie nicht verlieren. Gerade jetzt, wo ich schon einen Ring gekauft habe und ihr einen Heiratsantrag machen möchte."

Ulrike klatschte in die Hände. „Das ist ja mal eine Überraschung. Wusstest du davon, Thomas?"

„Nein, mir hat der Bengel auch nichts gesagt."
Papa tat so, als ob er ärgerlich wäre, aber ich
konnte ihm deutlich ansehen, dass er sich für
mich freute. „Wann soll es denn so weit sein,
Sohn?"

„Das weiß ich noch nicht. Ich warte auf den
richtigen Zeitpunkt. Es will schließlich gut
überlegt sein, wo und wann man einen Antrag
macht, damit die Frau nicht nein sagt", das
hatte ich mir nämlich in der letzten Zeit überlegt. Ulrike stieß Papa den Ellenbogen in die
Seite. „Da hörst du's Thomas Tulpenfeld.
Dein Sohn ist ein Romantiker. Wie schön ist
das denn. Ich freue mich für dich, Tim."

Papa zog Ulrike an sich. „Was meinst du, wie
romantisch ich erst mal sein kann." Er blinzelte mir zu. „Du solltest mit deinem Antrag
nicht zu lange warten. Weißt du was, Sohn,
wir sponsern dir und Mandy ein Candle Light
Dinner in einem gemütlichen Restaurant. Da
kannst du ihr dann in Ruhe deinen Antrag machen. Ist das eine Idee?"

„Manchmal hast du ausgesprochen gute Ideen,
mein lieber Mann", schaltete sich Ulrike ein.
„Übrigens dauert es nicht mehr lange bis zu

unserem Hochzeitstag. Wenn du also ein Dinner für Tim buchst, solltest du ...“

„Schon verstanden, Liebes“, grinste Papa. „Also, was meinst du, Tim?“

Ich war ganz überwältigt von Papas Idee. „Das wäre wirklich toll. Ihr seid einfach die Größten. Ich hab euch lieb.“

Papa und Ulrike schauten sich lachend an. „Ach was, das gehört dazu, wenn man eine Familie ist“, sagte Papa ein bisschen verschämt. „Und was deine vermeintlichen Depressionen angeht, wartest du bitte noch eine Weile. Ich glaube wenn du dich mit Mandy wieder besser verstehst, dann verschwinden sie von allein. Wenn das nicht der Fall ist, dann kannst du immer noch einen Arzt aufsuchen. Aber lass dich um Gottes Willen nicht in ein Krankenhaus einweisen.“

***

„So geht das einfach nicht weiter mit dir. Ich hab es satt!“ Mandy stand vor mir, die Hände in die Hüften gestemmt. „Nicht nur, dass du immer voll die Spaßbremse bist. Das ist schlimm genug. Abfeiern ist mit dir nicht drin.

Nicht mal auf den Geburtstag von meiner Freundin wolltest du mitkommen."

„Aber Hase ...", versuchte ich einen Einwand, denn ich wäre sehr wohl mit auf den Geburtstag gegangen. Fakt war, dass Mandy mich nicht dabei haben wollte. Leider kam ich nicht dazu, mich zu verteidigen.

„Jetzt rede ich. Ist ja wieder mal typisch, dass du mich nicht ausreden lässt", rief Mandy entrüstet. „So bist du. Ich habe so viel abgenommen, aber du nimmst das einfach nicht zur Kenntnis. Dabei sagen alle, dass ich super aussehen, bloß du nicht."

„Hase ...", versuchte ich es erneut, wurde aber wieder abgewürgt. „Sag nicht Hase zu mir. So nennst du alle deine Weiber, sagt Dante. Vielleicht hast du nebenbei was laufen. Das habe ich mir auch schon überlegt. Glaub mir, ich könnte auch fremdgehen, wenn ich es wollte. Ich könnte jeden haben, echt. Das kriegst du nicht mit, weil du so ignorant bist. Und gleichgültig dazu. Und nur mit dir beschäftigt. Du bist nicht nur depressiv, nein! Du bist auch noch ein Narzisst. Überhaupt liebst du nur dich selbst und mich gar nicht."

Jetzt wurde es mir zu dumm. Ich hatte Mandy heute sagen wollen, dass wir am Wochenende das Candle Light Dinner hatten. Papa hatte sein Versprechen nämlich wahr gemacht. Er hatte für Mandy und mich ein Dinner in einem Hotel im Ort gebucht und für sich und Ulrike ein Wellness Wochenende an der See. Bei dem Dinner wollte ich Mandy eigentlich den lange geplanten Antrag machen. Doch bevor ich überhaupt dazu kam, meine Freundin einzuladen, war sie über mich hergefallen und das völlig grundlos. Ich hatte sie nur gefragt, ob sie am Wochenende schon etwas vor hätte, weil sie in der letzten Zeit öfter samstags ohne mich weggegangen war. Schon war sie in die Luft gegangen.

„Hör mal, wieso sagst du so was? Ich find' dich auch schön, so wie alle anderen. Wie kannst du behaupten, dass ich dich nicht liebe? Aber ich habe dich auch geliebt, als du dick warst", rief ich, zugegeben, ziemlich lautstark.

„Da haben wir's! Wegen jeder Kleinigkeit regst du dich auf. Jetzt schreist du mich sogar an. Das liegt nur daran, dass du Depressionen hast und noch andere psychische Erkrankungen. Das sagt jeder! Dante, der sich damit auskennt, und meine Eltern auch. Sie sagen, dass man überhaupt nicht mehr mit dir reden kann. Ich habe die Nase voll. Wenn du nicht auf der Stelle untersuchen lässt, dann trenne ich mich von dir. Das ist mein blutiger Ernst. Überhaupt wäre es am besten, wenn du gleich in eine Klinik gehst. In der Nähe gibt es die Schlossparkklinik. Dort behandeln sie solche Störungen, wie du sie hast."

Ich bekam einen gehörigen Schreck, weil Mandy so entschlossen aussah. Sie würde mich wirklich verlassen, wenn ich nichts unternahm. Vielleicht stimmte es sogar, was sie sagte. Vielleicht hatte ich wirklich Depressionen oder etwas anderes. Manchmal war ich ganz schön niedergeschlagen. Besonders, wenn etwas nicht so klappte, wie ich es mir vorgestellt hatte. Auch als ich entlassen worden war, weil ich den LKW umgekippt hatte, fühlte ich mich total fertig. Genauso wie in diesem Moment. „Meinst du?", fragte ich zögernd. „Ich kann ja noch mal mit Papa darüber reden. Er wird mir sagen, was ich machen kann."

„Das bringt nichts. Er kennt sich damit nicht aus. Willst du deinen Vater überhaupt unnötig beunruhigen? Gerade jetzt, wo er mit Ulrike wegfährt. Nachher vermiest du ihnen alles, weil sie immer nur an dich denken müssen. So unfair bist du nicht, Tim. Wie wäre es, wenn wir zu unserem Arzt gehen. Ich habe letztens schon mit ihm geredet und ihm geschildert, wie du immer drauf bist. Er hat gesagt, dass er dir eine Einweisung ausstellen würde. Erst einmal für ein paar Tage zur Beobachtung. Das ist gar nichts Besonderes, meint er. Das kommt öfter vor. Du kannst auch jederzeit wieder nach Hause." Mandy legte ihre Arme um meinen Hals und schmiegte sich an mich. „Schatz, ich will doch nur, dass es dir gut geht. Ich mache mir solche Sorgen um dich. Lass dich einfach durchchecken. Ulrike und Thomas sagen wir erst etwas, wenn die Diagnose da ist."

„Aber ich wollte am Samstag mir dir Essen gehen", erklärte ich hilflos. Irgendwie wusste ich nicht, was ich machen sollte.

„Du bist so süß." Mandy küsste mich zärtlich. Plötzlich war sie lieb und anschmiegsam, ganz so wie früher. „Weißt du was, wir fragen am

Samstag einfach, ob du für den Abend aus dem Krankenhaus raus kannst. Das geht bestimmt. Und dann können wir auch zusammen essen gehen. Bitte, Schatz." Sie schaute mich flehend an.

„Okay, dann machen wir das so ...", was sollte ich auch sonst sagen.

Jetzt ging alles schnell. Mandy kümmerte sich um einen Termin bei unserem Hausarzt, den wir schon für den Nachmittag bekamen. Der Doktor stellte mir ein paar Fragen, die ich so gut wie möglich beantwortete. Er fragte zum Beispiel, ob ich in der letzten Zeit morgens oft müde wäre. Das war ich tatsächlich, weil ich meistens mit meiner Konsole zockte und dabei oft die Zeit vergaß. Vor Mitternacht kam ich selten ins Bett. Dann fühlte ich mich morgens um fünf Uhr, wenn es Zeit war aufzustehen, immer ziemlich müde und kaputt und wäre am Liebsten liegen geblieben. Das von der Konsole sagte ich dem Arzt lieber nicht, weil das bei ihm bestimmt nicht so gut ankam. Auch, dass ich nicht besonders viel Selbstvertrauen hatte, gab ich zu und das mir nichts mehr richtig Spaß machte. Das war klar. Mandy ging ja immerzu allein weg. Früher waren wir oft zusammen ins Kino gegangen, aber darauf hatte sie plötzlich keine Lust mehr. Mit Goofy hatte ich keinen Kontakt und allein ins Kino zu gehen machte keinen besonderen Spaß. Deshalb erklärte ich auch gleich, dass ich irgendwie antriebslos war. Ob ich schon über den Tod nachgedacht hätte, wollte der Doktor als nächstes wissen, wobei er einen Blick mit Mandy wechselte, was mich verwunderte. Klar hatte ich darüber nachgedacht wie es wäre, wenn man sterben würde. Als meine Oma gestorben war zum Beispiel. Da hatte ich mir vorgestellt, wie das wohl sein könnte. Also sagte ich: „Ja, klar habe ich schon mal über das Tot sein nachgedacht. Sogar schon öfter." Der Doktor machte sich Notizen und schrieb mir dann direkt eine Überweisung, die er Mandy gab. Er meinte sogar, dass er für uns in der Klink anrufen würde.

Am nächsten Vormittag ging ich in die Schlossparkklinik, die für Psychiatrie, Psychotherapie und Psychosomatik zuständig war. Mandy hatte meine Sachen gepackt und mir sogar meine Lieblingschips besorgt. Sie begleitete mich und versprach mir, mich jeden Tag mindestens einmal zu besuchen. Sie wollte auch mit Papa und Ulrike reden, wenn die Gelegenheit günstig war.

Zum Glück gab es in der Klinik gar keine Irren. Jedenfalls nicht so welche, wie ich sie mir vorgestellt hatte. So wie in dem Film ‚Einer flog über das Kuckucksnest', den ich mir total oft angeschaut hatte, weil er mich einfach faszinierte, obwohl er schon so alt war. Vielleicht waren die Verrückten auch in einer anderen Abteilung untergebracht und in ihren Gummizellen. Schließlich war ich nicht verrückt, sondern höchstens ein bisschen durcheinander. Sicher hielten mich die Ärzte für einen leichteren Fall. Das erklärte ich dem behandelnden Arzt sofort. Er erwiderte aber nur, dass heute sowieso nichts mehr untersucht würde, weil es schon Freitag war. Am Montag würde er mich gründlich anschauen. Um sofort alles abzuklären fragte ich ihn, ob ich am Samstag mit Mandy Essen gehen könne. Darauf lachte er nur und sagte nichts weiter, außer, dass Mandy schon mit ihm geredet hätte. Ich nahm das als Zustimmung, freute mich auf dem Samstagabend und stellte mir Mandys Gesicht vor, wenn ich ihr den Heiratsantrag machen würde. Ich hatte sogar ein Einzelzimmer. Viel war in der Abteilung für leichtere Fälle wohl nicht los.

***

Mandy
Freitag, 19:12
Es tut mir leid. Ich verlasse dich, weil ich nicht mehr kann. Du liebst mich nicht.

Tim
Freitag, 19:15
ich lieb dich doch. Was sol das???

Mandy
Freitag, 19:18
Es hat keinen Sinn. Ich habe eine Bleibe. Bin weg, wenn du nach Hause kommst.

Tim
Freitag, 19:25
du has nen andern, gebs zu.

Mandy
Freitag, 19:27
Und wenn schon! Das ist doch jetzt egal.

Tim
Freitag, 19:32
dan hau ab zu dem makker. Will dich nich mer
in meiner wonung sehn.

Mandy
Freitag, 19:34
Alles klar. Jetzt zeigst du dein wahres Gesicht.
Du bist ja krank. Mit so jemandem kann man
nicht leben. Genau, ich hau ab, zu meinem
neuen Freund. Und ich nehme meine Möbel
mit!

Tim
Freitag, 19:38
wie? Deine möbel???
Die gehörn doch alle mir!!!

Mandy
Freitag, 19:40
*Das wollen wir mal sehen. Kannst mich dann
verklagen. Aber erst musst du aus der Klinik
rauskommen. Viel Glück dabei.*

Ich ließ entsetzt mein Handy fallen. Am Vormittag hatte meine Freundin mich noch liebevoll verabschiedet. Jetzt, am frühen Abend machte sie per SMS mit mir Schluss. Dabei teilte sie mir so nebenbei mit, dass sie einen Anderen hatte, und dass sie die Möbel mitnehmen würde. Oder hatte sie schon alles ausgeräumt? Vielleicht war die Wohnung bereits leer. Ich musste sofort nach Hause um zu retten, was zu retten war, zumal Papa und Ulrike schon in ihr Wellness Wochenende gefahren waren und mir nicht helfen konnten. Entschlossen suchte ich meine Sachen zusammen, warf sie in aller Eile in meine Reisetasche.

Das Öffnen der Zimmertür ließ mich innehalten. Der Stationsarzt kam herein. Im Schlepptau hatte er zwei bullig wirkende Typen.

„Was machen Sie da, Herr Tulpenfeld?", fragte er irgendwie lauernd.

„Ich packe", erklärte ich knapp und stopfte weiter Sachen in die Tasche.

„Das lassen Sie schön sein. Ihre Lebensgefährtin hat uns vorhin kontaktiert und die Sachlage geschildert. Also bleiben Sie ruhig. Setzten Sie sich erst einmal hin."

Ich stand wie vom Donner gerührt, die Unterhose, die ich gerade einpacken wollte noch in der Hand. Mandy hatte mit dem Arzt geredet? Aber sie hatte mir doch gerade erst die SMS geschickt, in der sie mit mir Schluss gemacht hatte. Eine mörderische Wut stieg in mir auf. Ich donnerte die Unterhose in eine Ecke. „Verdammt, sie hat was? Mit Ihnen gesprochen? Dann wissen Sie ja auch, dass sie dabei ist, meine Wohnung auszuräumen. Lassen Sie mich gefälligst in Ruhe. Ich gehe jetzt sofort nach Hause und dann soll sie sich warm anziehen", schrie ich in meinem Zorn.

Während der Doktor beschwichtigend die Hände hob, rückten die zwei Gorillas näher, was ziemlich bedrohlich wirkte. „Nun beruhigen wir uns erst einmal. Ihre Lebensgefährtin hat uns schon gesagt, dass Sie manchmal ... nun ... etwas unkontrolliert reagieren. Wir wollen doch nur sicher gehen, dass es Ihnen gut geht, dass Sie sich nicht selbst etwas antun in Ihrer Verzweiflung oder, Gott bewahre, Ihrer Lebensgefährtin. Ich gebe Ihnen jetzt erst einmal etwas zur Beruhigung. Es wäre besser, wenn Sie stillhalten würden, sonst müsste ich die Pfleger bitten ..." Der Arzt griff sich in die Kitteltasche und zog eine Spritze hervor. Unwillkürlich machte ich einen Schritt zurück, was die Gorillas dazu veranlasste nachzurücken.

„Nein, das geht nicht. Ich muss nach Hause. Wer weiß, das da gerade abgeht", erklärte ich noch einmal verzweifelt.

Alle Drei lächelten, was mich an das Grinsen von ein paar Wehrwölfen erinnerte.

„Tim, ich darf Sie doch so nennen? Tim, mein Junge, ich kann verstehen, dass Sie verstört sind. Aber ich verspreche Ihnen, dass alles gut wird und die Welt morgen schon anders aussieht. Ihre Lebensgefährtin ..."

Ich unterbrach das Geschwafel des Arztes. „Sie ist nicht mehr meine Lebensgefährtin. Sie hat Schluss gemacht. Per SMS. Wenn Sie mir nicht glauben, dürfen Sie gern in mein Handy schauen."

„Das hat sie uns mitgeteilt und dass sie fürchtet, dass Sie, Tim, sich das Leben nehmen. Sie hat uns verraten, dass es eine ähnliche Situation schon einmal gab."

Der salbungsvolle Ton des Arztes verursachte mir Zahnschmerzen. „Das stimmt überhaupt nicht. Sie hat Ihnen irgendeinen Mist erzählt, die falsche Schlange. Die verdammte Hexe! Und jetzt ist sie dabei, mich komplett fertig zu machen", rief ich verzweifelt aus.

„Jetzt hören Sie gut zu, Herr Tulpenfeld ..." Aha, es war also nix mehr mit Tim. Der Doktor wurde förmlich. „Wir werden Sie heute nicht entlassen. Sie werden die Klinik auch nicht auf eigene Verantwortung verlassen. Das können wir nicht verantworten. Wer weiß, zu welchen Handlungen Sie fähig sind. Wenn Sie sich weiter sträuben, dann werden wir Sie in der geschlossenen Abteilung unterbringen. Also seien Sie vernünftig. Ich gebe ihnen jetzt etwas zur Beruhigung. Dann sieht die Lage schon nicht mehr so schlimm aus. Im Übrigen kann ich mir nicht vorstellen, dass Ihre Lebensgefährtin ihnen Böses antun will. Sie klang sehr besorgt um Sie."

In meinem Kopf purzelten die Gedanken durcheinander. Das war es also! Wenn ich mich nicht fügte, würde ich wie McMurphy enden. In der geschlossenen Abteilung der Klinik. Wahrscheinlich würden die Ärzte mir auch Elektroschocks verpassen, wenn ich widerspenstig wäre. Mein Gehirn würde zu einem matschigen Klumpen verschmoren, ich würde bis an mein Lebensende in einer Gummizelle sitzen. Dort konnte ich dann verrotten, während Mandy, die Schlange, wer weiß was mit meiner Wohnung anstellte. Ich gab auf, zumal die Gorillas mich echt finster ansahen und noch näher kamen. Während ich mir den Ärmel hoch schob, beschloss ich Papa anzurufen. Er würde wissen, was zu tun war.

***

„Tja, Tim, wir sind zwar sofort nach Hause gefahren, aber es war schon zu spät. Deine Wohnung ist komplett leer. Sie haben sogar die Einbauküche abmontiert. Wobei das nicht der richtige Ausdruck ist. Herausgerissen passt besser. Auch die Badezimmermöbel, die ihr kürzlich angeschafft habt sind weg und die neue Waschmaschine", mein Vater seufzte. „Wenigstens hat sie auch die Karnickel mitgenommen."

Ich saß mit Papa und Ulrike in der Cafeteria der Klinik. Die beiden unterrichteten mich über den Stand der Dinge.

Wie geplant hatte ich mir die Beruhigungsspritze geben lassen und dem Arzt versichert, dass ich keine Dummheiten anstellen würde, sondern brav in der Klink bleiben würde. Ich war wohl überzeugend, denn er und seine Gorillas ließen mich schon bald allein. Die Gelegenheit nutzte ich, um meinen Vater anzurufen und ihm zu schildern, was sich abgespielt hatte. Natürlich war er aus allen Wolken gefallen, dass ich in einem Krankenhaus für Irre war. Davon hatte Mandy ihnen natürlich nichts gesagt. Er und Ulrike waren davon ausgegangen, dass ich ihr den Antrag machen würde und wir bald heiraten würden. Auf meinen Anruf hin hatten die beiden ihren Kurzurlaub abgebrochen und waren sofort nach Hause gefahren. Wie es aussah, hatte Mandy zuerst die Wohnung ausgeräumt und dann mit mir Schluss gemacht, denn als Papa und Ulrike zu Hause eintrafen, war die Wohnung schon leer.

Von den Nachbarn erfuhren sie, dass Mandy und ihr Bruder mit einigen Bekannten angerückt waren. Auch einen Kleinlaster hatten sie organisiert. Beim Ausräumen kam es zu einigem Lärm, weil der Bruder und die Helfer sich anscheinend aufs Übelste betranken, so dass Mandy den vollgepackten Laster fahren musste.

„Jedenfalls haben wir versucht, die Polizei zu rufen, weil es sich ja wohl um ein Diebstahlsdelikt handelt. Dort haben wir die Auskunft bekommen, dass du erst einmal beweisen müsstest, dass die Sachen dir überhaupt gehören. Das wird aber schwierig werden, weil sie auch alle Unterlagen mitgenommen hat. Überhaupt, gibt es in einer eheähnlichen Beziehung keinen Diebstahl. Das sagt jedenfalls die Polizei", klärte mich Papa weiter auf.

Ulrike schüttelte den Kopf. „Ich kann es immer noch nicht verstehen. Das muss Mandy von langer Hand geplant haben. Immerhin muss sie genug Kartons dabei gehabt haben, um den Hausrat einzupacken. Teller, Tassen, Gläser, Besteck, alles ist weg. Einzig deine Kleidung hat sie nicht mitgenommen. Ach ja und einige Sachen, die sie zerstört haben, so wie die Arbeitsplatte in der Küche. Du stehst buchstäblich vor dem Nichts. Wie kann sie nur so schäbig sein? Das hätte ich nicht von ihr erwartet. Vor allem: Wie kann man einen Menschen nur so falsch einschätzen?"

„In erster Linie habe ich sie wohl falsch eingeschätzt. Wenn mich mir überlege, dass ich ihr einen Antrag machen wollte! Ich Idiot!", entfuhr es mir. Papa sah mich einem Moment prüfend an. „Tim, ich sage dir jetzt mal unsere ehrliche Meinung: Mandy hat mit Sicherheit einen Anderen. Sie hat sich äußerlich sehr verändert, da steckt ein Mann hinter. Du brauchst gar nicht mit dem Kopf zu schütteln. Das ist so." Ich hob abwehrend die Hände. „Das kann ich mir nicht vorstellen. Wenn sie mich betrogen hätte, dann hätte ich das gemerkt. Na gut, sie ist öfter allein ausgegangen. Aber trotzdem, so eine ist Mandy nicht."

„Ja, klar, sie hat dir zwar die Wohnung komplett ausgeräumt und das auf eine ganz linke Tour, aber so eine ist sie nicht! Sag mal Junge, was muss denn noch passieren, bevor du wach wirst? Verdammt nochmal, immer hast du diese dämlichen Weibergeschichten!"

Ulrike legte meinem Vater begütigend die Hand auf den Arm. „Hör auf, Thomas. Das bringt uns auch nicht weiter. Es ist nun mal so passiert. Wir können nur Schadensbegrenzung betreiben", sie wandte sich an mich. „Wir haben mit dem behandelnden Arzt geredet und ihn davon überzeugt, dass du weder ein Selbstmordkandidat bist, noch eine Gefahr für die Umwelt, nicht einmal für Mandy. Er will sich noch einmal mit dir unterhalten, aber das sollte kein Problem sein. Nach dem Gespräch wirst du nach Hause kommen können. Dann sehen wir weiter. Weißt du, Tim, wir hatten einen bestimmten Betrag zur Seite gelegt, den solltest du zur Hochzeit bekommen. Ich denke, wir werden dir das Geld jetzt geben. Du musst wenigstens das Nötigste an Möbeln und Hausrat kaufen."

„Eben. Was sie mitgenommen hat, wirst du nicht wiederbekommen. Die Sachen einzuklagen ist aussichtslos. Da habe ich mich kundig gemacht." Papa hatte sich zum Glück wieder beruhigt und sprach jetzt ganz vernünftig mit mir.

Tatsächlich wurde ich nach einem letzten Gespräch mit dem Doktor entlassen. Was mich zu Hause erwartete, war unbeschreiblich. Was Mandy und ihre betrunkenen Helfer nicht mitgenommen hatten, war kaputt. Ich musste mir alles neu kaufen. Zum Glück bekam ich von Papa und Ulrike wirklich das Geld, welches für meine Hochzeit gedacht war. Sonst hätte ich nicht gewusst, wie es weitergehen sollte. Die beiden gingen auch mit mir einkaufen, was ein Glück war, denn ich wusste gar nicht, wo ich mit dem Kaufen anfangen sollte.

Bald nach Mandys Auszug ließ sich meine Mutter bei mir blicken. Sie stand einfach vor meiner Tür. „Willst du mich nicht hereinbitten?", fragte sie gräsig, weil ich sie ziemlich lange verblüfft anschaute. Mit ihrem Besuch hatte ich nicht gerechnet.
„Ja, klar, komm doch rein", murmelte ich und gab ihr den Weg frei. Sie stolzierte in mein Wohnzimmer uns schaute sich um. „Da kann man mal sehen. Neu eingerichtet hast du dich? Du musst ja Geld haben!"
Natürlich hatte ich meiner Mutter nichts von Mandys Auszug erzählt und Papa sprach sowieso nur das Nötigste mit ihr. Deshalb suchte ich nach einer Erklärung, weil sie ja jetzt mer-

ken würde, dass Mandy nicht mehr da war. „Och, na ja, Mandy und ich haben uns getrennt. Die Möbel haben wir geteilt. Ich habe ihr sogar das Meiste mitgegeben. War ja alles nicht mehr so toll", erklärte ich. Ein bisschen war ich stolz auf mich, weil mir auf die Schnelle etwas Gutes eingefallen war.

„Da habe ich aber etwas ganz anderes gehört!" Meine Mutter guckte mich an, als würde sie meine Gedanken lesen können. Diesen Blick hatte sie schon ewig drauf. Immer fühlte ich mich dann irgendwie durchsichtig. So, als würde sie direkt in meinen Kopf gucken.

„Von wem hast du was gehört?", fragte ich vorsichtig. Eigentlich wollte ich mit ihr nicht über die leidige Sache sprechen. Sie würde ja doch nur sagen, dass sie mich gewarnt hatte.

„Wenn du es genau wissen willst: Von Mandy selbst. Ich bin ihr neulich begegnet. Ganz zufällig. Sie war sehr freundlich, das muss ich schon sagen. Ganz anders als sonst. Das liegt wohl daran, dass sie dich sitzen gelassen hat. Plötzlich kann sie auch nett sein."

Ich schüttelte verwirrt den Kopf. Mandy und meine Mutter hatten sich zufällig getroffen und miteinander geredet? Das konnte ich mir beim besten Willen nicht vorstellen. Ehe ich etwas sagen konnte, fuhr meine Mutter fort. „Wir haben einen Kaffee zusammen getrunken, das ergab sich so. Sie hat erzählt, dass du sie sehr, sehr schlecht behandelt hast und dass du in eine psychiatrische Klinik eingewiesen worden bist. Weil sie solche Angst hatte, dass du ihr etwas antust, wenn sie dich wieder entlassen, hat sie sich von dir getrennt, das arme Ding. Ich habe es schon immer gesagt, mit dir stimmt etwas nicht, Timotheus.“

„Was? Wie?“, ich konnte es nicht glauben. Plötzlich war aus der unförmigen, geldgierigen Person, auf der meine Mutter immer herumgehackt hatte, das arme Ding geworden! Und ich war der, mit dem etwas nicht stimmte? Bravo! Das wurde ja immer besser.

„Beim Ausräumen der Wohnung hat ihr Bruder wohl etwas über die Stränge geschlagen, sagt sie. Es scheint ihr wahnsinnig Leid zu tun. Aber wenn ich mich hier so umsehen ... Es scheint dir gut zu gehen. Ich habe mir solche Sorgen gemacht. Unnötige Sorgen, würde ich sagen. Ach ja, eine Mutter sorgt sich eben ständig um ihre Kinder.“

„Ich glaube es hackt! Was sie dir erzählt hat, stimmt alles gar nicht. Sie hat mich überredet, in die Klinik zu gehen. Dann hat sie per SMS Schluss gemacht und mir die Wohnung ausgeräumt. Das war eine ganz miese Nummer. Papa und Ulrike haben mir geholfen wieder auf die Beine zu kommen." Ich war wirklich wütend, obwohl ich mir geschworen hatte, mich nicht mehr über meine Mutter aufzuregen und über Mandy auch nicht.

„Sie klang aber glaubwürdig. Schließlich weiß ich aus Erfahrung, wie aggressiv du werden kannst. Aber Schwamm drüber. Vielleicht ist es gut, dass ihr auseinander seid. Sie war nicht die Richtige, das habe ich dir immer gesagt", Mutter schlug einen versöhnlichen Ton an, was mich hellhörig werden ließ.

„Ich möchte nicht mehr über Mandy und ihren Auszug reden", sagte ich schnell, ehe sie es sich anders überlegte und weiter bei dem Thema blieb. Mutter nickte wohlwollend. „Ich habe im Moment sowieso andere Sorgen. Stell dir vor, was passiert ist: Hansi hat Misswirtschaft betrieben. Er hat sich ganz mies verhalten. Zum Schluss ist er in die persönliche Insolvenz gegangen."

„Wohin?", fragte ich irritiert. War Hansi etwas wieder mit seiner Frau zusammen? Das traute ich mich nicht zu fragen, also guckte ich interessiert und ließ meine Mutter weiter reden. „Dummkopf, Insolvenz. Er ist pleite, um es mit deinen Worten zu sagen. Das bedeutet, dass ich das Altenheim nicht mehr habe. Ohne sein Geld konnte ich es nicht halten. Es ist unter den Hammer gekommen, wie man so schön sagt." Sie schnaubte durch die Nase. „Ich bin Arbeitslos und so gut wie mittellos. Ich habe ihn hinausgeworfen, den Versager. Er ist wieder zurück zu seiner Ehefrau gekrochen. Stell dir das vor!"

Also doch! Hansi hatte das Weite gesucht. „Aber ich dachte das Haus in dem ihr wohnt war seins. Wie konntest du ihn da rausschmeißen. Und wieso ist das nicht unter den Hammer gekommen?"

Meine Mutter lachte laut auf. Das klang ziemlich unangenehm und schrill. „Das Haus hat er mir schon vor einiger Zeit überschrieben, dafür habe ich gesorgt. Ich bin schließlich nicht so naiv wie dein Vater und wie du. Soll er doch zu seiner Frau zurückgehen. Ich brauche ihn nicht."

„Wenn dir das Haus gehört, dann bist du aber nicht ganz mittellos", wagte ich einen Einwand. Mutter maß mich mit kühlem Blick. „So gut wie mittellos, habe ich gesagt. Glaub ja nicht, dass ich dich finanziell unterstütze. Jetzt wo Mandy alles ausgeräumt hat. Schließlich habe ich dir schon diese Wohnung finanziert, mein Bester."

„Das ist auch nicht nötig. Papa hat mir geholfen und Ulrike auch", erklärte ich energisch.

„Dein Vater scheint genug Geld zu haben. Weißt du zufällig, was er verdient? Das würde mich doch sehr interessieren. Früher war das ja nicht besonders viel. Das scheint sich geändert zu haben, obwohl ich es mir nicht vorstellen kann. Einmal Loser, immer Loser. Willst du mir nicht endlich einen Kaffee anbieten?"

Vorhin hätte meine Mutter mir fast leidgetan, aber das ging ganz schnell vorbei. Jetzt brachte sie mich, wie immer, einfach nur auf die Palme. „Nein", sagte ich deshalb.

„Was, nein?"

„Nein, will ich nicht. Sag mal, wieso bist du überhaupt hergekommen? Um wieder mal schlecht über Papa zu reden? Oder mich über seinen Verdienst auszuhorchen. Das hast du schon mal gemacht. Damals habe ich nichts gesagt und jetzt erfährst du auch nichts von mir."

„Nun, ich wollte schauen, wie es meinem Sohn geht, nachdem ich zufällig seine Ex Freundin getroffen habe. Zusätzlich wollte ich dir die Neuigkeiten über Hansi erzählen und das es mir finanziell nicht so gut geht. Das solltest du schließlich wissen. Ich hätte mit ein wenig Anteilnahme deinerseits gerechnet. Aber Kinder sind so undankbar."

Entschlossen stand ich auf. „Ach, weißt du, es interessiert mich nicht, wie es dir geht. Ich muss auch gleich weg. Das nächste Mal, wenn du herkommst, solltest du dich vorher anmelden. Jetzt habe ich keine Zeit mehr."

„Das gibt es doch nicht! Mein eigenes Kind wirft mich hinaus? Du solltest dich schämen", wütend war auch meine Mutter aufgestanden.

„Es ist die Frage, wer sich hier schämen sollte", antwortete ich ihr und bemühte mich, ganz cool zu bleiben. „Soll ich dich zur Tür bringen?"

„Das ist nicht nötig", mit diesen Worten schnurrte sie hinaus. In der Wohnzimmertür blieb sie noch einmal stehen. „Ich wollte es dir eigentlich nicht sagen, aber wenn du dich so mies verhältst, dann schone ich dich nicht. Mandy war nicht allein. Sie hatte ihren neuen Lover bei sich. Oder sollte ich sagen ihren alten Lover? Die beiden scheinen schon länger ein Verhältnis zu haben. Mandy hat ihre Überstunden wohl nicht in der Firma gemacht. Du kennst ihn. Es ist dein Freund. Der, mit dem du bei der Bundeswehr warst. Dieser Ausländer, vor dem ich dich auch immer gewarnt habe. Hieß er nicht Dante?" Dann ging meine Mutter. Ihrem Gesichtsausdruck nach zu urteilen war sie sehr zufrieden mit sich.

Treffer! Ganz böser Treffer sogar! Ich setzte mich hin, weil mir die Beine zitterten. Die Tränen kamen von allein, obwohl ich ganz bestimmt nicht heulen wollte.

***

„Hallo. Dich habe ich hier ja noch nie gesehen", begann ich das Gespräch mit der gutaussehenden Blondine, die an mir vorbeiging. Ich fand, das war schon mal ein guter Anfang. Sie stoppte. „Das kann schon sein. Ich bin neu hier. Um genau zu sein, ist heute mein erster Arbeitstag."

„Das habe ich mir gedacht. Jemand wie du wäre mir bestimmt aufgefallen."

„Mal ehrlich? Jemand wie du wäre mir nicht aufgefallen. Gibt es sonst noch was? Ich sollte weiter."

Oh ha, die Frau schien eine ganz schöne Kratzbürste zu sein. Also ließ ich es beim ersten Kontakt bewenden. Es blieb mir auch gar nichts anderes übrig, denn sie schnurrte schon ab. In der Mittagspause erkundigte ich mich bei den Kollegen nach ihr.

„Das ist Kassandra", wurde ich aufgeklärt. „Sie arbeitet in der Kommissionierung. Ist ein ganz schön heißer Feger, was. Die Frauen sind mit Anfang Dreißig sowieso am Schärfsten. Die ist übrigens verheiratet, du hast sowieso keine Chance." Der Kollege hatte sich offenbar ausführlich mit ihr befasst. Was kein Wunder war, denn sie war eine auffällige Person. Nicht unangenehm auffällig. Eher das Gegenteil. Lange blonde Haare, kurvenreiche Figur, eben ein Hingucker. Aber sie war verheiratet. Vielleicht hatte sie sogar Kinder. Der

Kollege hatte Recht. Eine solche Frau würde sich sowieso nicht mit mir befassen.

Ich wusste auch gar nicht so genau, ob ich mich mit ihr einlassen wollte. Theoretisch gesehen, wenn sie Interesse gehabt hätte. Seit Mandy mich verlassen, betrogen und ausgeräubert hatte, traute ich nämlich keinem weiblichen Wesen mehr über den Weg. Außer Ulrike natürlich, aber die war ja so eine Art Mama für mich. Natürlich schaute ich einer hübschen Frau nach wie vor hinterher, aber eine Freundin wollte ich vorerst nicht haben. Nie wieder würde ich mich einwickeln lassen, dass hatte ich mir fest vorgenommen.

Ein paar Tage später begegnete mir Kassandra wieder. Dieses Mal blieb sie bei mir stehen. „Da ist ja der gutaussehende Gabelstaplerfahrer", sagte sie lächelnd. Mir klappte der Mund auf, denn damit hatte ich überhaupt nicht gerechnet.

„Mach den Mund zu, von wegen Durchzug", grinste sie. „Wie ich heiße weißt du ja schon. Hast dich wohl nach mir erkundigt, was."

„Woher weißt du das denn", stammelte ich, noch immer völlig verblüfft.

„Mir entgeht so schnell nichts. Du bist der Tim, gell. Der Tim, dem eine Wohnung gehört und dem die Freundin davongelaufen ist. Sag, bist du noch immer solo? Nur mal so, aus unverbindlichem Interesse."

„Ehm, ja, könnte man sagen." Diese Frau machte mich sprachlos.

„Dann können wir nachher einen Kaffee miteinander trinken. Nach Feierabend? Was meinst du?"

Wie war das? Ich wollte mich nie wieder einwickeln lassen? Natürlich nicht. Wir wollten nur einen Kaffee trinken. Zudem war Kassandra verheiratet. Es bestand also keine akute Gefahr für mich. Deshalb nickte ich. „Kaffee, geht klar. Nach ... ähm ...Feierabend", ehe ich noch weiter herumstammeln konnte, schlenderte das Rasseweib davon. Hatte ich sie lachen gehört? Ich war mir nicht sicher.

Jetzt saßen wir uns im Bäckerbistro gegenüber, das sich in der Nähe unserer Arbeitsstelle befand. Weil es mir komisch erschien, dass sie sich mit mir treffen wollte, obwohl sie gebunden war, hatte ich sie gleich nach ihrer Ehe gefragt. Wobei ich hoffte, dass er Kollege sich geirrt hatte und sie gar nicht verheiratet war. Gedankenverloren rührte Kassandra in ihrem Kaffee herum. Plötzlich schaute sie auf. ‚Diese Augen, man könnte darin versinken', dachte ich. Es sollte verboten werden, solche Augen zu haben. Riesengroß, himmelblau, treu und verletzlich sahen sie aus. Ich riss mich mühsam los, schaute auf meine Hände. Frauen brachten nur Verwicklungen mit sich. Das hatte ich in der Vergangenheit schmerzhaft gelernt. Den gleichen Fehler würde ich nicht zweimal machen.

„Ist so eine Sache. Im Moment bin ich noch verheiratet. Aber nicht mehr lange. Ich suche nach einer Wohnung, musst du wissen. Mal ehrlich, zwischen meinem Mann und mir läuft es überhaupt nicht mehr. Er ist grob und geizig und war von Anfang an nicht mein Typ." Sie zuckte mit den Schultern. „Keine Ahnung, warum ich ihn überhaupt geheiratet habe. Er ist so ein Idiot. Egal, jedenfalls will ich so schnell wie möglich ausziehen und wieder auf eigenen Füßen stehen."

„Aber Kinder hast du nicht?", fragte ich, wobei ich immer noch verlegen auf meine Hände starrte.

„Doch, einen Sohn, aber der ist nicht von meinem Mann", war die überraschende Antwort. „Ich verstehe." Das war immer eine gute Antwort. Ich schaute auf und registrierte ihren belustigten Blick. „Das glaube ich nicht. Mein Sohn ist aus einer anderen Beziehung. Ich war noch sehr jung und habe ziemlich viel Mist gebaut. Drogen und so, aber ich bin schon lange clean. Du brauchst dir keine Gedanken zu machen. Jedenfalls lebt der Junge bei seinem Vater. Ich habe nicht besonders viel Kontakt zu ihm, aber das ist ganz gut so. Ich meine ... ich habe genug mit mir selbst zu tun. Da kann ich mich nicht auch noch um ein Kind kümmern."

So richtig nachvollziehen konnte ich nicht, was Kassandra mir erzählte. Wenn ich einen Sohn gehabt hätte, dann hätte ich mich immer um ihn gekümmert. Ich beschloss, zu dem Thema lieber nichts zu sagen.

„Er ist gut aufgehoben", fuhr sie fort. „Seine Großmutter väterlicherseits kümmert sich bestens um ihn. Meine Eltern haben keine Zeit für ein Enkelkind. Sie führen eine Firma und haben genug zu tun. Wie du ja sicher an meinem Dialekt hörst, komme ich ursprünglich aus

Meckpomm. Meine Eltern leben immer noch dort."

„Hallo, woher bist du?", fragte ich irritiert.

„Na aus Mecklenburg-Vorpommern", lachte sie amüsiert.

„Dann bist du ja ganz schön weit weg von daheim."

„Stimmt. Manchmal fehlt mir die Heimat ganz schön. Bin wegen des Idioten, der noch immer mein Ehemann ist hier her gekommen. Das war wohl ein Fehler aber hinterher ist man immer schlauer."

Kassandra schien ganz schön viel durchgemacht zu haben. Aber sie ließ sich nicht unterkriegen, genauso wie ich. Da hatten wir schon eine Gemeinsamkeit. Ich nahm ihre Hand, die sie mir bereitwillig überließ und streichelte sie ein bisschen. Mehr traute ich mich nicht, jedenfalls jetzt noch nicht. Nach einer Weile zog sie die Hand weg. „Ich muss los", sagte sie und stand auch gleich auf. Mein Angebot sie nach Hause zu fahren nahm sie an und so setzte ich sie vor ihrem Haus ab. Oder vor dem Haus ihres Mannes, wie sie betonte.

„Wir sehen uns morgen, Tim. Ich freue mich", rief sie über die Schulter, während sie die Haustür ansteuerte.

Das klang super. Auf dem Heimweg drehte ich das Radio ganz laut auf. Alexander Klaws schmalzte ‚Take Me Tonight'. Den Refrain sang ich gern mit.

***

„Tim, du musst mir helfen. Ich weiß nicht mehr, was ich machen soll", schluchzte es.

Ich schaute auf die Uhr. Es war Mitternacht. Mein Handy hatte mich aus dem Schlaf gerissen. Verwirrt schaute ich aufs Display, aber die Nummer kannte ich nicht. „Falsch verbunden", murmelte ich und hätte fast aufgelegt. Aber nur fast.

„Hier ist Kassandra. Bitte Tim ...", wieder heftiges Weinen. Mit einem Ruck setzte ich mich auf. „Kassandra um Himmels Willen! Was ist los?"

„Er hat mich rausgeschmissen. Ich sitze auf der Straße, buchstäblich. Ich weiß nicht, wo ich hin soll", jetzt gesellte sich zum Schluchzen auch noch ein Schluckauf. „Der Idiot. Er hat mich aus dem Haus geworfen. Er ist sauer und eifersüchtig, weil er gesehen hat, dass du mich nach Hause gefahren hast. Er glaubt, wir haben was miteinander. Wir haben den ganzen Abend gestritten."

„Dein Mann hat dich hinausgeworfen und jetzt sitzt du irgendwo auf der Straße und weißt nicht wohin", rekapitulierte ich. „Okay, sag mir genau, wo du bist. Ich bin schon unterwegs." Das Handy noch in der Hand stand ich auf und angelte nach meiner Hose.

Wenig später hielt ich in einer dunklen Straße. Kassandra saß zusammengekauert auf dem Bordstein. Die Arme hatte sie sich fest um den Körper geschlungen. Sie zitterte vor Kälte, denn sie war nur mit einer Jeans und einem dünnen Shirt bekleidet. An den Füßen hatte sie ihre Pantoffeln. Jetzt erhob sie sich und hinkte zum Auto. Wenigstens weinte sie nicht mehr und der Schluckauf hatte sich auch gelegt. „Hat er dir etwas getan?", fragte ich besorgt. Sie schüttelte den Kopf. „Nein, nicht wirklich. Er hat mich zur Haustür rausgeschoben und gesagt, ich solle zu meinem Liebhaber gehen. Dabei bin ich gestolpert. Vielleicht hat er mich auch ein bisschen geschupst, aber das war mehr ein Versehen."

„Was? Ein Versehen? Wenn er dich mitten in der Nacht aus dem Haus wirft? Das sehe ich aber anders", diese Bemerkung konnte ich mir nicht verkneifen. Kassandra blitzte mich an. „So ist Gernot nicht. Er hat sich aufgeregt und er hatte etwas getrunken. Dann kracht es schon mal. Trotzdem ist er ein Idiot."

Sie hatte auch Alkohol getrunken, das konnte ich deutlich riechen. „Na gut. Wie soll es jetzt weitergehen?", fragte ich.

„Also, ich dachte ... vielleicht ... wenn ich bei dir übernachten könnte ...", plötzlich war Kassandra richtig kleinlaut. „Ich meine ja nur, falls du Platz hast. Wo der Streit eigentlich deinetwegen war", fügte sie hinzu.

Damit hatte sie auch wieder Recht. Ich war der Anlass für den Hinauswurf gewesen. Also nahm ich sie mit zu mir, machte ihr das Sofa zurecht, zeigte ihr das Badezimmer und lieh ihr einen Schlafanzug. Dann zog ich mich ins Schlafzimmer zurück damit sie ihre Ruhe hatte und wir noch ein paar Stunden schlafen konnten. Schließlich mussten wir morgen früh raus.

Ich wachte davon auf, dass jemand sacht über meinen Rücken strich. Das war ein ausgesprochen angenehmes Gefühl. Verschlafen räkelte ich mich, drehte mich um und fühlte einen weiblichen Körper, der sich an mich schmiegte. Zum zweiten Mal in dieser Nacht war ich von gleich auf jetzt hellwach. Kassandra hatte sich an mich gekuschelt. Sie trug meinen Schlafanzug nicht. Um genau zu sein trug sie gar nichts. Ich öffnete den Mund, um etwas zu sagen, was ich gleich wieder vergaß, denn sie presste ihre Lippen auf die meinen, ihre Zunge war in meinem Mund. Gleichzeitig fuhr ihre Hand in meine Schlafanzughose.

Sorry, aber ich bin auch nur ein Mann ...

„Aufstehen, Schlafmütze. Das Frühstück ist fertig. Dann müssen wir los zur Arbeit", flüsterte Kassandra. Anschließend hauchte sie mir einen Kuss auf die Wange, was mich lächeln ließ. Ich fühlte mich zwar müde und kaputt, aber trotzdem total gut. Die Frau war eine Granate im Bett. Sie ließ keine Wünsche offen. Dieser Gernot war ein ausgesprochener Idiot, da hatte sie völlig Recht.

Beim Frühstück blinzelte sie mir zu. „Vielleicht können wir zuerst zum Haus fahren, damit ich mir wenigstens ein paar Schuhe anziehen kann", sie wies auf ihre in den Pantoffeln steckenden Füße. „Dann kann ich mir direkt ein paar Sachen zusammenpacken. Den Rest können wir später abholen. Ist das in Ordnung für dich?"

Irgendwie schien ich etwas verpasst zu haben. „Wie meinst du das?", fragte ich deshalb nach. „Ich kann doch bestimmt fürs Erste bei dir wohnen, oder? Wir verstehen uns ja wohl super. Jedenfalls hatte ich heute Nacht den Eindruck, dass es so ist. Das kannst du haben so lange du es möchtest", fügte sie betont unschuldig hinzu. Das stimmte allerdings, es war mächtig abgegangen zwischen uns. „Klar kannst du bei mir einziehen. Nicht nur fürs Erste", erklärte ich deshalb. „Wie wäre es, wenn wir eine Wohngemeinschaft machen. Das wäre praktisch. Und du wolltest doch sowieso von deinem Mann weg. Das ist die Gelegenheit für dich."

Kassandra schaute mich nachdenklich an. „Das stimmt. Es wäre eine super Gelegenheit von dem Idioten wegzukommen, ehrlich. Über das Finanzielle werden wir uns schon einigen. Da sehe ich keine Probleme. Übrigens gefällst du mir. Bist ein ganz Netter."

Nett, die kleine Schwester von ... Das wollte ich jetzt eigentlich nicht hören, anders herum passte es irgendwie. Eine feste Beziehung kam für mich sowieso nicht mehr in Frage. Deshalb war eine Wohngemeinschaft zwischen Kassandra und mir eine gute Sache. Wir hätten unverbindlichen Sex miteinander, sie würde die Hälfte der Kosten zahlen. Gefühlsmäßig brauchten wir uns nicht aufeinander einlassen. Schließlich war sie auch immer noch verheiratet. Ich hielt ihr die Hand hin. „Gemacht. High Five." Grinsend schlug meine neue Mitbewohnerin ein.

„Das ist aber jetzt nicht dein ernst, Tim. Nach dem Theater mit Mandy holst du dir schon wieder so ein komisches Weib in deine Wohnung? Wieso kannst du dir eigentlich nicht einfach eine ganz normale Freundin anschaffen. Erst einmal trefft ihr euch, lernt euch kennen, dann könnt ihr immer noch entscheiden, ob ihr zusammenziehen wollt. Diese Frau kennst du doch gar nicht. Mal abgesehen von ihrem obskuren Hintergrund. Das klingt mir alles sehr suspekt." Dieses Mal regte sich Papa richtig doll auf. Sogar Ulrike, die sonst immer beschwichtigend eingriff guckte ernst und sagte gar nichts.

„Es ist ja nur meine Mitbewohnerin und nicht meine Freundin", versuchte ich zu verharmlosen.

„Junge, erzähl mir doch nicht so einen Mist. Ihr schlaft ja wohl zusammen. Oder willst du mir ernsthaft erzählen, dass die Dame im Wohnzimmer pennt. In deinem Arbeitszimmer gibt es jedenfalls keine Schlafgelegenheit, außer auf dem Fußboden. Also ist sie nicht nur deine Mitbewohnerin, sondern dein neues Verhältnis. Verheiratet ist sie auch noch. Ja klasse! Das riecht doch förmlich nach Stress und erneutem Theater."

„Das geht euch nichts an!", der Satz war raus, ehe ich es verhindern konnte.

Papa sah mich ungläubig an. „So ist das also! Das geht uns nichts an? Dann wissen wir ja Bescheid. Okay, dann sind wir raus aus deinen Geschichten. Aber eins sag ich dir: Wenn das Schlamassel dir wieder bis zum Hals steht, brauchst du zu uns nicht mehr zu kommen. Ich habe es so was von satt ..." Er sprang auf und stürmte aus dem Zimmer.

„Das war ganz schön doof von dir, Tim", sagte Ulrike. „Übrigens hat dein Vater vollkommen Recht. Es wird wieder nicht funktionieren."

Wenigstens war sie nicht rausgegangen, was ich gut fand. Auch wusste ich ja, dass Papa und Ulrike es gut mit mir meinten. Trotzdem regte ich mich auf. Ich hatte einfach keine Lust mehr darauf, dass sich jeder in meine Angelegenheiten mischte und mir immerzu sagen wollte, was ich zu tun und zu lassen hatte. „Verdammt noch mal", platzte es aus mir heraus. „Lasst mich in Ruhe. Ich kann euch alle miteinander nicht mehr sehen. Tim hier und Tim da. Tu dieses nicht, lass jenes bleiben. Immer wollt ihr bestimmen, was ich mache. Das lasse ich mir nicht mehr gefallen. Kassandra wohnt bei mir so lange wie ich es will, und sie auch, ist ja klar. Und ich schlafe mit ihr so lange und so oft ich will, und sie auch, ist ja auch klar. Das geht euch alle einen feuchten Dreck an."

Irgendwie war ich immer lauter geworden, was Papa wieder auf den Plan brachte. „Jetzt reicht es", brüllte er mich an. „Wie redest du mit meiner Frau?"

Ulrike musterte mich kühl. „Tim, es ist wohl besser, wenn du jetzt gehst", sagte sie.

„Genau, raus hier. Und du brauchst nicht wiederzukommen, bevor du dich bei Ulrike entschuldigt hast", rief Papa mir hinterher.

***

„Mal ehrlich! Wir haben so unsere Probleme mit Tims Vater und seiner Frau", erzählte Kassandra, obwohl ich ihr unauffällig vor das Schienbein trat. Das fehlte noch, dass sie meiner Mutter von dem unschönen Gespräch und anschließendem Rauswurf bei Papa erzählte. Es war eigentlich nicht zu glauben. Ich war freiwillig mit Kassandra zu meiner Mutter gefahren. Das heißt, sie hatte mich so lange bequatscht, bis ich mich zu dem Besuch bereiterklärte. Wenn sie etwas wollte, konnte meine neue Mitbewohnerin sehr überzeugend sein. Das hatte ich in der letzten Zeit schon öfter festgestellt. Überhaupt hatte ich mich schnell an sie gewöhnt. Was kein Kunststück war. Sie ließ mich in Ruhe zocken, wenn mir danach war, kochte uns das Essen, putzte die Wohnung und was das Bett anbetraf, verwöhnte sie mich nach Strich und Faden. Dabei musste ich ihr nicht immerzu sagen, dass ich sie liebte. Das Thema Liebe ließen wir außen vor. Was konnte ich mir also mehr wünschen. Wie es aussah, verstand meine neue Mitbewohnerin sich sogar gut mit meiner Mutter. Die horchte jetzt auf. „Wirklich? Probleme? Zeigt Thomas endlich wieder sein wahres Gesicht? Seine Frau ist sowieso eine unmögliche Person. Sie hat unsere Ehe zerstört und sich einfach zwischen Thomas und mich gedrängt. Trotzdem wollte ich ihr schon vor längerer Zeit meine Hand zur Versöhnung reichen. Ich bin ja nicht nachtragend. Schließlich sind wir alle eine Familie. Aber sie hat sie nicht ergriffen, meine Hand. Sie wollte sich nicht einmal mit mir duzen und lehnt nach wie vor jeden privaten Kontakt zu mir ab. Es ist nicht zu fassen."

„Sie redet auch mit mir nicht viel. Dabei versuche ich immer sehr freundlich und zuvorkommend zu sein. Man hat ja eine gute Erziehung genossen. Habe ich Ihnen eigentlich schon erzählt, dass ich das Abitur habe?"

Verwundert schaute ich Kassandra an. Ich erkannte sie kaum wieder. Sie schien sich ausgesprochen wohl zu fühlen. Auch meine Mutter gab sich friedlich, jedenfalls für ihre Verhältnisse. „Das dachte ich mir schon, meine Liebe. Man merkt doch gleich, wo eine Bildung vorhanden ist", säuselte sie geradezu. „Was sind es denn für Probleme? Wollt ihr euch nicht bei mir aussprechen und Rat holen?"

„Nein", fuhr ich dazwischen, ehe sich Mutter und Kassandra noch in die Arme fielen und sich abknuddelten. „Davon wollen wir nichts erzählen. Das geht nur Papa und uns etwas an. Und lass Ulrike aus dem Spiel. Sie ist in Ordnung. Ich würde auch nichts mit dir zu tun haben wollen, wenn ich Papas neue Frau wäre. Also jetzt mal theoretisch, ich bin ja keine Frau ...", irritiert schwieg ich. Irgendwie hatte ich mich verhaspelt. Meine Mutter kicherte und Kassandra lachte laut auf, was mich noch mehr durcheinander brachte.

„Ich merke schon, mein Sohn ist einmal mehr widerspenstig. Ein Wunder, dass du mit ihm auskommst, Kassandra. Das ist dir hoch anzurechnen. Wenn du Probleme hast, die nicht zu bewältigen sind, dann komm einfach zu mir. Ich helfe dir gern."

„Es ist nur, weil Tims Vater und seine Frau mich ehrlich nicht besonders gut leiden können. Das darf ich ja wohl sagen", erklärte Kassandra mit einem Seitenblick zu mir. „Ansonsten danke für das Angebot. Ich komme darauf zurück, wenn ich wirklich Hilfe brauche."

„Das musste wirklich nicht sein", fuhr ich meine Mitbewohnerin auf dem Heimweg an. „Meine Mutter braucht nichts über den Streit zwischen Papa und mir wissen. Sie nutzt das nur wieder aus. Glaub mir einfach. Ich kenne sie besser als du."

„Was du wieder hast. Deine Mutti ist doch super nett. Ich verstehe überhaupt nicht, dass du nicht mit ihr klarkommst. Sie hat mir vorhin, als du kurz weg warst, gesagt, wie traurig sie darüber ist, dass du bei deinem Vater eingezogen bist, statt dir etwas in ihrer Nähe zu suchen. Sie macht sich wohl immer nur Sorgen um dich."

Ich seufzte, verkniff mir aber eine Antwort. Kassandra sah meine Mutter überhaupt nicht realistisch. Sie würde schon dahinter kommen, wie diese Person gestrickt war, da hatte ich keinen Zweifel.

Doch vorerst lobte sie Mutter in den höchsten Tönen, wann immer sich die Gelegenheit bot. Dafür konnte sie Papa und Ulrike nicht besonders gut leiden und machte kein Hehl daraus. Das war für mich eine unangenehme Situation, aber ich beschloss, abzuwarten. Schließlich sprach mein Vater im Moment nicht wirklich mit mir. So gingen wir mehr oder weniger an einander vorbei, grüßten und machten schnell die Wohnungstür hinter uns zu.

„Das war sowieso kein Job für mich. Schließlich habe ich Abitur. Die Gelegenheit ist günstig, um einen vernünftigen Beruf zu erlernen. Ich werde beim Arbeitsamt nachfragen, ob ich eine Umschulung machen kann."

Eben hatte Kassandra mich darüber aufgeklärt, dass sie gekündigt worden war. Sie sagte, dass sie mit ihrem Vorarbeiter nicht zurechtgekommen war. Der Typ wollte wohl etwas von ihr, aber sie hatte ihn abgewiesen. Daraufhin hatte er für ihre Entlassung gesorgt, was ja nicht schwierig war, weil sie sich noch in der Probezeit befand, meinte sie.

„Soll ich mich mal mit dem Kerl unterhalten?", bot ich ihr an. Komisch, obwohl ich nicht in sie verliebt war, zwickte es ganz schön, dass er sich an sie herangemacht hatte. „Lass mal. Sie werden mich sowieso nicht wieder einstellen. Den Stress musst du dir nicht antun. Wie gesagt ist das eine Chance für mich, ganz neu anzufangen."

„Das ist eine gute Idee. Du bist so viel klüger als ich, da solltest du auch einen anspruchsvolleren Beruf haben", stimmte ich ihr zu. „Sag mal, dass du Abitur hast weiß ich, aber hast du eigentlich eine Ausbildung gemacht? Darüber haben wir noch nie geredet."

„Das hat sich ja auch nie ergeben. Klar habe ich eine Ausbildung. Nämlich als Verkäuferin bei Aldi, genau so wie deine Mutti. Aber das war nichts für mich, ehrlich nicht. Die Kolleginnen haben mich gemobbt, weil ich dem Bereichsleiter und den Filialleiter so gut gefallen habe. Die sind voll auf mich abgefahren. Trotz Mobbing hab' ich's durchgezogen. Dann habe ich 'ne Weile nicht gearbeitet. Du weißt schon, die Drogengeschichte. War ne wilde Zeit, weil ja auch das Kind gekommen ist. Meine Eltern haben mich rausgeworfen.

Was blieb ihnen übrig! Sie mussten auf ihren Ruf achten, wo sie eine Firma haben. Ich habe dann einen Entzug gemacht. Gleich nachher ist mir Gernot über den Weg gelaufen, was gut war, weil ich nicht wusste wohin und wie es weitergehen sollte. Wir haben geheiratet. Den Rest weißt du."

Du meine Güte, der Lebenslauf in Kurzversion hatte es in sich. Dagegen klang meine Geschichte ausgesprochen langweilig. Okay, bis auf ein paar Ausreißer. Von dem, was Kassandra ‚die Drogengeschichte' nannte, wollte ich gar nichts wissen. Mir genügte, dass sie jetzt clean war. Auch mit ihrem Sohn hatte ich nicht viel am Hut und war froh, dass sie nicht besonders viel Kontakt zu ihm hatte. Die Junge schien ziemlich schwierig zu sein, jedenfalls erzählte sie das. Einmal hatte sie mir einen Brief von ihm gezeigt, in dem er sie übel beschimpft hatte, weil sie keinen Unterhalt für ihn bezahlte. Dabei war das kein Wunder, Kassandra hatte selbst kein Geld, wo ihr Mann sie hinausgeworfen hatte und sie jetzt arbeitslos war.

„Okay. Du hast eine Menge erlebt, würde ich sagen. Aber ab jetzt wird alles besser. Was würdest du denn gerne machen? Wenn du umschulst, meine ich." Kassandra strahlte mich an. „Am Liebsten würde ich Imkerin werden. Oder Bestatterin, das wäre auch noch so ein Traum von mir, weil ich so gerne mit Menschen zu tun habe."

„Was? Bestatterin! Ernsthaft?", fragte ich fassungslos. Ich hatte mir einiges als ihren Berufswunsch vorgestellt, aber nicht das.

„Na ja, meine Eltern haben ein Bestattungsinstitut. Hatte ich das nicht erwähnt? Ich habe früher ab und zu meinem Vater geholfen. Beim Aufbahren und so. Das hat mir immer Spaß gemacht. Übrigens verdient man viel Geld in der Branche. Aber Imkerin wäre auch in Ordnung."

Als ich ein paar Tage später nach Hause kam, fand ich Kassandra wütend auf und ab gehend vor. „Denk dir, sie wollen mir nicht helfen", platzte sie sofort heraus. Ich stellte meine Arbeitstasche ab. „Was ist los? Wer will dir nicht helfen?"

„Die Dumpfbacken vom Arbeitsamt. Die sind so unflexibel und haben überhaupt keine Empathie."

„Ähm, was haben die nicht?", fragte ich nach. „Na Empathie. Sie können meinen Berufswunsch nicht nachvollziehen, könnte man sagen. Das weißt du natürlich nicht. Aber ich erkläre es dir gern. Jedenfalls habe ich nach einer Umschulung gefragt und meine Wünsche geäußert. Und weißt du, was mir gesagt wurde: Ich bin überqualifiziert für den Beruf der Imkerin. Wegen meines Abiturs. Das muss man sich mal vorstellen! Und wie die gegrinst haben, als sie mir das gesagt haben. Ein Praktikum als Bestatterin geht vielleicht, aber ich muss mich selbst darum kümmern. Ich frage dich ehrlich: Was tuen diese Leute den ganzen Tag, wenn sie mir nicht einmal einen Praktikumsplatz besorgen können? Jedenfalls soll ich an einer Maßnahme teilnehmen wo man lernt sich zu bewerben und so etwas. Als ob ich das nicht könnte. Jeden Tag muss ich dort hin fahren. Eine Zumutung ist das!"

„Vielleicht suchst du dir einfach einen ganz normalen Job, nur für den Übergang", schlug ich vor. „Im Supermarkt um die Ecke suchen sie eine Kassiererin. Das Plakat habe ich letztens erst gesehen. Wo du doch bei Aldi gelernt hast, ist es bestimmt ein Klacks für dich, das vorübergehend zu machen. Das wäre bestimmt besser, als an dieser komischen Maßnahme von Arbeitsamt teilzunehmen. Vielleicht hast du Glück und findest bald einen Ausbildungsplatz als Imkerin." Von Kassandras anderem Berufswunsch sagte ich erst einmal nichts. Insgeheim war ich nämlich froh, dass es über das Arbeitsamt keine offenen Stellen oder Ausbildungsplätze als Bestatter gab. Der Gedanke, dass Kassandra mit Toten zu tun hatte, kam mir irgendwie komisch vor. Klar, einer musste den Job machen, aber warum ausgerechnet die Frau, die mit mir zusammen in einem Bett schlief! Kassandra sah mich durchdringend an. „Das ist dein Ernst, nicht wahr. Ich soll wirklich an einer Supermarktkasse sitzen. Weißt du eigentlich, wie öde das ist?"

„Es wäre nur für den Übergang. Bis du etwas hast, das dir richtig Spaß macht. Auf jeden Fall verdienst du dort mehr, als wenn du Geld vom Arbeitsamt beziehst. Und die Maßnahme, von der du sprichst, hört sich auch total langweilig an. Überleg es dir."

Es gelang mir tatsächlich, Kassandra davon zu überzeugen, sich für die Stelle als Kassiererin zu bewerben. Natürlich bekam sie den Job, mit ihrer Vorbildung war das klar. So richtig gefiel es ihr von Anfang an nicht. Sie sagte, sie fühle sich nicht wohl, weil die Kolleginnen sie allesamt nicht leiden könnten, weil sie so attraktiv wäre und weil sie so gut arbeiten würde. Ich versuchte sie so gut wie möglich zu trösten. Überhaupt sollte sie ja nur so lange dort arbeiten, bis sie etwas gefunden hatte, das ihr Spaß machte.

Auf jeden Fall ging es finanziell wieder aufwärts. Vielleicht würden wir sogar für einen Urlaub sparen können. Ich war überhaupt noch nie in Urlaub gefahren, weil meine Mutter früher der Meinung war, dass wir kein Geld dafür hätten und lieber sparen sollten. Seit ich allein wohnte, sparte ich zwar, hatte aber nie genug zusammen, um Urlaub zu machen. Ich stellte mir vor, wie es wäre, mit Kassandra an einem sonnigen Strand zu liegen. Blaues Meer, blauer Himmel, leise plätschernde Wellen. Das wäre ein absoluter Traum.

Mit ihrer Mutter telefonierte Kassandra jeden Tag mindestens einmal. Wenn ich ans Telefon ging, war ihre Mutter allerdings immer kurz angebunden und ausgesprochen unfreundlich, obwohl ich mir Mühe gab besonders nett zu sein. Kassandra erklärte mir, dass ihre Mutter nicht damit einverstanden war, dass sie sich von ihrem Mann getrennt hatte und jetzt bei mir wohnte. Deshalb wäre sie nicht gut auf mich zu sprechen.

„Aber er hat dich doch hinausgeworfen. Nicht mal Schuhe hattest du an, als ich dich aufgegabelt habe! Wieso ist sie nicht sauer auf ihn?", fragte ich verblüfft.

„Sie mag ihn halt. Und sie glaubt auch, dass ich ihn mit dir betrogen habe. Das hat er ihr vorerzählt. Ich habe ihr schon so oft gesagt, dass es nicht wo war, aber sie glaubt mir nicht."

„Sie kann doch deinem Exmann nicht mehr glauben als dir. Das verstehe ich nicht."

Kassandra legte die Arme um mich. „Mal ganz ehrlich? Es gibt so vieles, das du nicht verstehst, mein Lieber. Meine Mutter ist manchmal etwas komisch. Sie hat ja auch viel mit mir durchgemacht. Ich finde es schön, dass wir jeden Tag miteinander sprechen. Mir fehlt halt die Heimat."

Das konnte ich wiederum ganz gut verstehen.

***

Immer noch war das Verhältnis zu Papa und Ulrike angespannt. Oft schon hatte ich mir überlegt, einfach bei ihnen zu klingeln und die dumme Geschichte aus der Welt zu schaffen. Aber irgendwie schaffte ich das nicht. Ich hatte Angst, dass Papa sich noch mehr aufregen würde und wir gar keinen gemeinsamen Nenner finden könnten. Mein Vater hatte vor längerer Zeit zu mir gesagt: ‚Manche Sachen kann man nur einmal sagen'. Dieser Satz hatte sich mir eingeprägt und genau das bereitete mir Bauchschmerzen. Was würde sein, wenn wir uns so beleidigten, dass es nicht zu verzeihen war. Natürlich lag meine Zurückhaltung auch daran, dass Papa und Ulrike nicht mit Kassandras Einzug einverstanden waren. Das machte die Situation nicht leichter, weil ich merkte, dass ich sie mehr und mehr mochte. Es lag nicht nur daran, dass der Sex mit ihr nach wie vor fantastisch war. Auch sonst passten wir ganz gut zusammen. Klar war es manchmal auch ein bisschen schwierig, aber das machte mir nichts aus. Über Liebe sprachen wir nicht. Warum auch. Es funktionierte alles bestens, auch ohne große Gefühle. Ich war nicht mehr allein und hatte jemanden, der sich meine Sorgen und Probleme anhörte und für den ich da sein konnte. Nicht einmal, dass Kassandra so super mit meiner Mutter auskam machte mir etwas aus.

„Stell dir das vor! Was für eine Unverschämtheit. Dabei habe ich total gut gearbeitet und jetzt das!" Wieder einmal marschierte Kassandra vor mir auf und ab. Als ich heute Nachmittag von der Arbeit kam, saß sie niedergeschmettert in ihrem Lieblingssessel. Jetzt allerdings hatte sie sich in Rage geredet. „Die haben mich noch meine Schicht zu Ende machen lassen. Dann ist der Marktleiter mit dem Gebietsleiter aufgetaucht. Sie haben mir den Ladenschlüssel abgenommen und mir mitgeteilt, dass ich entlassen bin. Die paar Tage Urlaub, die mir zustehen, kann ich direkt nehmen und den Rest des Monats bin ich freigestellt. Wenigstens wird mein Lohn bis zum Monatsende bezahlt. Ein Glück! Und jetzt halt dich fest: Als ich den Laden verlassen wollte, haben die zwei Clowns darauf bestanden, eine Taschenkontrolle bei mir durchzuführen. Was für eine bodenlose Unverschämtheit!"

„Wozu sollte das denn gut sein? Verstehe ich nicht!" Tröstend nahm ich Kassandra in die Arme. „Vergiss es, Hase. Das ist alles meine Schuld. Es war blöd von mir dich zu überreden überhaupt im Supermarkt anzufangen. Es tut mir sehr leid." Kassandra kuschelte sich an mich. „Ist schon gut. Ich habe dir von Anfang an gesagt, dass das kein Job für mich ist. Wahrscheinlich haben die anderen Verkäuferinnen den Marktleiter aufgehetzt und der hat dafür gesorgt, dass ich entlassen wurde. Jetzt kann ich jedenfalls nicht mehr im Verkauf arbeiten. Aber das wollte ich sowieso nie wieder machen. Das ist nichts für mich. Ich werde mich verstärkt auf meine Traumberufe konzentrieren."

Also wurde Kassandra wieder beim Arbeitsamt vorstellig und ich musste meine Urlaubspläne erst einmal zurückstellen. Sie nahm direkt an der Maßnahme teil, in die der Sachbearbeiter sie von Anfang stecken wollte. Das gefiel ihr zwar fast noch weniger, als der Job an der Supermarktkasse, aber sie hatte keine Wahl. Von ihren Traumberufen schien sie meilenweit entfernt zu sein.

Natürlich hatte Kassandra deshalb keine besonders gute Laune, was ich verstehen konnte. Trotzdem wirkte sich das auf unser Miteinander aus. Bald genügte eine Kleinigkeit um aneinander zu geraten. Mal hatte ich meine Sachen nicht vernünftig aufgeräumt, mal zockte ich zu viel mit meiner Konsole. Das fand ich ungerecht, denn wenn Kassandra stundenlang mit ihrer Mutter telefonierte, hatte ich keine Lust daneben zu sitzen und zu warten, bis das Gespräch beendet war. So beschäftigte ich mich eben mit einem Computerspiel. „Dann musst du dir eben selbst einen Praktikumsplatz suchen. Meinetwegen auch als Bestatterin. Mir ist alles Recht. Hauptsache du wirst wieder wie früher", rief ich nach einem dieser unnötigen Streitereien genervt aus. „Es nicht mehr auszuhalten mit dir."

„Was soll das denn. Du bist doch derjenige, der immerzu herummeckert. Wenn ich mal mit Mutti telefoniere, dann gehst du gleich auf die Palme. Wenn du keinen guten Draht zu deiner Mutter hast ist das eine Sache. Aber ich verstehe mich super mit meinen Eltern", antwortete Kassandra aufgebracht.

„Ist ja gut und schön, aber musst du jeden Tag mit ihnen telefonieren? So viel gibt es doch gar nicht zu berichten. Oder erzählst du deiner Mutter haarklein deinen Tagesablauf? Redest du auch über uns?"

„Was gibt es da zu reden. Ich bin ja nur deine Mitbewohnerin. Das betonst du doch ständig. Wir schlafen zwar miteinander, aber wir sind nicht wirklich zusammen", sie maß mich mit einem vernichtenden Blick. „Übrigens hat mein Vater mir immer wieder versichert, dass ich sofort ein Praktikum bei ihm machen kann. Aber das zahlt das Arbeitsamt nicht, weil es zu weit weg ist. Das hatte ich schon alles abgeklärt. Mein Vater könnte das Geld gut gebrauchen und meine Hilfe sowieso."

So war das also. Sie plante ohne mich. Es hätte ihr nichts ausgemacht, für längere Zeit bei ihren Eltern zu leben. Diese Neuigkeit machte mich erst richtig wütend. „Ach, und es wäre dir egal so weit weg von mir zu sein. Das ist gut zu wissen. So siehst du es also!"

„Wie soll ich es bitte sonst sehen? Als Mitbewohnerin! Als deine Partnerin siehst du mich ja nicht an."

Meine Wut verpuffte, denn ihre Aussage war nicht ganz unrichtig. Vielleicht machte ich es mir zu leicht. Nach wie vor scheute ich mich davor, eine Frau an mich heranzulassen, aber gleichzeitig hatte ich Kassandra gern. Ziemlich gern sogar. Wir hatten uns anfangs so gut verstanden. Versöhnlich legte ich meine Arme um sie. „Es tut mir leid wenn das so rübergekommen ist. Du bist weit mehr, als nur meine Mitbewohnerin. Das musst du mir glauben." Kassandra schmiegte sich an mich und das fühlte sich total gut an. Ich holte tief Luft. „Weißt du, ich hab dich nämlich ziemlich lieb."

„Da schau, ist doch gar nicht so schwer", murmelte sie. „Wir sollten mal wieder richtig guten Sex haben." Nach diesen Worten küsste sie mich, während sie sich an meiner Hose zu schaffen machte. Am Rande registrierte ich, dass sie mir nicht gesagt hatte, dass sie mich lieb hatte, aber das vergaß ich ziemlich schnell.

Ein paar Tage später bekamen wir Besuch. Um genau zu sein war es Besuch für Kassandra. Und um ganz genau zu sein, war es nicht wirklich ein Besucher, sondern der Gerichtsvollzieher. Er zeigte ihr einen Beschluss, in dem stand, dass sie total lange keinen Unterhalt für ihren Sohn gezahlt hatte und deshalb gepfändet werden würde. Kassandra brach in Tränen aus, was den Gerichtsvollzieher nicht beeindruckte. Er reichte ihr ein Tempotuch und sah sich anschließend in der Wohnung um. Es schien mir, als suche er geeignete Objekte für eine Pfändung.

„Halt", rief ich in Panik, als er meine Konsole ins Visier nahm. „Was Sie in dieser Wohnung sehen, gehört alles mir. Möbel, Elektrogeräte, alles. Sie ist bei mir eingezogen, weil ihr Mann sie vor die Tür gesetzt hat. Wir haben nur ihre persönlichen Sachen, also Kleidung und so aus der ehelichen Wohnung geholt."

Der Gerichtsvollzieht wippte auf den Fußspitzen. „Interessant. Soll ich raten? Möbel und Hausrat in der ehelichen Wohnung gehören sicher Ihrem Ehemann?"

Kassandra hatte sich erstaunlich schnell beruhigt. „So ist es", antwortete sie. „Wir lebten seit einer geraumen Zeit getrennt. Zudem bin ich arbeitslos. Wie Sie gerade feststellen, gibt es bei mir nichts zu holen."

Der Gerichtsvollzieher zückte einen Kugelschreiber und machte einen Vermerk in seinen Unterlagen. „Ich kann Ihnen nur Raten, Ihre Schulden bald zu begleichen. Es wird immer teurer für sie, je länger Sie es hinauszögern", erklärte er ernst. Kassandra zuckte ungeduldig mit den Schultern. „Was soll ich machen. Mal ehrlich? Mein Sohn braucht den Unterhalt überhaupt nicht. Sein Vater hat genug Geld und einen guten Job. Es ist nicht fair, dass ich damit belästigt werde."

Darauf antwortete der Gerichtsvollzieher nicht. Ein bisschen schämte ich mich. Schließlich ging es doch um Kassandras Kind. Wie konnte sie nur so abgebrüht sein! Schließlich verabschiedete sich der Mann, ohne auch nur ein Teil gepfändet zu haben.

***

„Sag mal, Tim, die Wohnung gehört dir ganz allein, nicht wahr?"

Diese Frage meiner Freundin ließ mich aufhorchen. Wir hatten uns ausgesprochen und waren übereingekommen, dass wir eine Beziehung hatten und nicht nur in einer Wohngemeinschaft lebten. Diese neue Regelung gab uns beiden einen neuen Impuls. Plötzlich zankten wir uns gar nicht mehr so häufig, wie es noch vor kurzem der Fall gewesen war. Auch störte es Kassandra nicht, dass ich weiterhin meine Spiele zockte. Im Gegenzug bemühte ich mich, die täglichen Gespräche mit ihrer Mutter zu ignorieren.

„Wenn die Wohnung also ganz allein dir gehört, dann kannst du damit machen was du willst", folgerte meine Freundin. Ich fragte mich, worauf sie hinaus wollte. „Ja, das könnte ich", nickte ich.

„Wenn du jetzt Geld brauchen würdest, was würdest du tun?"

Ich zögerte, weil ich darüber noch nie nachgedacht hatte. Bisher war ich mit meinen Problemen zu Papa gegangen und wir hatten eine Lösung gefunden. Nachdenklich streichelte ich Kassandra den Rücken, was sie wohlig schnurren ließ. Man konnte sagen was man wollte, im Bett verstanden wir uns einfach am Besten. „Na ja, ich würde zur Bank gehen und fragen, ob sie mir was leihen", antwortete ich nach einer Weile.

„Aber wenn es sehr viel Geld wäre, das du brauchst? Also mehr, als ein normaler Kredit. Dann könntest du die Wohnung als Sicherheit einsetzen, nicht wahr. Oder besser gesagt, du könntest eine Hypothek aufnehmen."

„Keine Ahnung. Damit habe ich mich noch nie beschäftigt. Jedenfalls ist die Wohnung bezahlt und gehört mir. Wieso fragst du, Hase?" Kassandra setzte sich auf, wobei die Decke herunterrutschte und ich so einen Blick auf ihren tollen Busen hatte. ‚Immer wieder schön', dachte ich und grinste unwillkürlich. „Da gibt es nichts zu grinsen. Es ist nämlich so ...", hier machte meine Freundin eine Pause. „Ja, wie ist es", murmelte ich und griff ihr an die Brust. Sofort wurden ihre Nippel steif, was ich mit Wohlwollen registrierte.

„Autsch!"

Kassandra hatte mir auf die Finger gehauen, die ich daraufhin schnell wegzog. „Brav. Guter Junge." Jetzt grinste sie über das ganze Gesicht, wurde aber schnell wieder ernst. „Ich will gar nicht um den heißen Brei herumreden. Du erinnerst dich daran, dass der Gerichtsvollzieher hier war?"

Nicht gut. Wir kamen in unruhiges Wasser, gesprächstechnisch gesehen. Ich nickte, sagte aber lieber nichts.

„Dabei ging es um die Unterhaltszahlungen, die ich nicht geleistet habe. Das hast du mitgekriegt."

Gar nicht gut. Gesprächstechnische Stromschnellen zeichneten sich ab. Wieder nickte ich.

„Nun, das sind nicht die einzigen Schulden, die ich habe."

„Wie viel?", fragte ich, wobei ich ahnte, dass ich gleich in einen unübersehbaren Strudel gezogen würde.

„Ziemlich viel."

„Okay, wie viel?"

Oder würde es ein Wasserfall werden?

„Na ja. Die neuen Zähne, die ich mir habe machen lassen. Das Auto, das ich gekauft habe, weil ich ja zu der dämlichen Maßnahme von Arbeitsamt muss, plus Steuern und Versicherung. Der Unterhalt ..."

„Wie viel???"

„Zwanzigtausendestutmirleid?"

Das war kein gewöhnlicher Wasserfall. Das waren die Niagarafälle, in die ich gerade stürzte. „Wie viel", fragte ich noch einmal, weil ich hoffte mich verhört zu haben.

„Es sind zwanzigtausend Euro, alles in allem. Das ist so viel geworden, weil ja Gerichtskosten und so dazu gekommen sind."

Mist, ich hatte mich nicht verhört.

Kassandra schaute mir tief in die Augen. „Wir wollen doch zusammenbleiben und uns ein neues, gemeinsames Leben aufbauen. Mal ehrlich, das wird sehr schwierig, wenn ich die Schulden weiter mit mir herumschleppe. Deshalb dachte ich, du könntest mir helfen."

„Wie sollte das funktionieren", fragte ich irritiert. Bisher hatte ich nicht daran gedacht, ihre Schulden für sie zu bezahlen. Na gut, bisher hatte ich auch nicht gewusst, wie hoch sie verschuldet war.

„Mein Vater meint, dass du problemlos eine Hypothek aufnehmen kannst. Die Wohnung steht ja als Gegenwert da. Dann hätten wir eine monatliche Belastung, die wir uns teilen. So viel ist das nicht. Wenn wir Miete bezahlen müssten, dann wäre das mehr. Mein Vater hätte das Geld auch gegeben, aber im Moment geht das nicht, weil drei Kunden nicht bezahlt haben. Deshalb ist er nicht flüssig."

‚Kunden?‘, fuhr es mir durch den Kopf. ‚Kein Wunder das sie nicht bezahlen. Sie sind ja schon tot‘. Das war ein blödsinniger Gedanke, bei dem ich trotzdem kichern musste.

Kassandra erstarrte. „Was gibt es da zu lachen? Ich schildere dir meine schlimme Situation und bitte dich um Hilfe! Und du geierst herum. Ehrlich! Geht’s noch?“

„Sorry, war nur ein unlogischer Gedanke“, erklärte ich wahrheitsgemäß. „Also dein Vater meint, dass ich die Wohnung irgendwie beleihen soll?“

„Ja, er meint, dass das ganz einfach ist. Er würde sogar hier her kommen und mit dir zur Bank gehen, um dir zu helfen. Dazu würde er extra seine Termine verschieben.“

Ein Bestatter, der seine Termine, also Beerdigungen verschob! Das hatte ich noch nie gehört. Ging das denn überhaupt? Ich stellte mir vor, wie er den Hinterbliebenen erklärte, dass er kurz wegfahren musste, um Geld für seine Tochter zu beschaffen und deshalb die Beerdigung später durchführen würde. Das klang wie eine Szene aus einem schlechten Film. Krampfhaft unterdrückte ich den Lachreiz.

„Ich weiß nicht, was mit dir los ist, ehrlich. Jedenfalls ist heute nicht vernünftig mit dir zu reden", rief Kassandra fassungslos aus. „Ich dachte du liebst mich! Aber das scheint wohl nicht der Fall zu sein. Sonst würdest du dich nicht über mich lustig machen, sondern mir helfen. Du bist sehr egoistisch."

Sie sprang aus dem Bett und griff sich ihren Bademantel. Als sie ihn überzog und den Gürtel fest zog, erinnerte sie mich sehr an Mandy.

In den nächsten Tagen war ich versucht, einfach bei Ulrike und Papa zu klingeln und sie um Rat zu fragen. Aber ich konnte mir gut vorstellen, wie Papa ausflippen würde, wenn ich ihm von Kassandras Vorschlag berichtete. Also ließ ich es lieber sein. Ich würde mit diesem Problem allein fertig werden müssen. Meine Freundin hatte das Thema Schulden nicht mehr erwähnt, aber es stand deutlich zwischen uns. Sie verhielt sich reserviert. Wenn ich sie in den Arm nehmen wollte, dann blockte sie ab. So beschloss ich, die Initiative zu ergreifen.

„Wegen den Schulden", begann ich eines Abends.

Kassandra hatte das obligatorische Telefongespräch geführt und saß düster vor sich hinbrütend mir gegenüber. Jetzt schien sie hell wach zu werden, denn sie richtete sich kerzengrade auf. „Ja? Hast du es dir überlegt?"

„Schon. Zwanzigtausend Euro, das ist eine Menge Geld. Ich kann überhaupt nicht verstehen, wie du so viel Schulden machen konntest." Tatsächlich hatte ich hin und her überlegt wie das passieren konnte, aber mir fehlte schlicht und ergreifend das Vorstellungsvermögen, um es zu begreifen.

Mein Gegenüber warf mir einen finsteren Blick zu. „Das ist einfach so passiert. Es ist egal, ob du es verstehst oder nicht. Die Schulden sind nun mal da. Von herumquatschen werden sie auch nicht weniger. Was ist jetzt? Liebst du mich wirklich? Wollen wir zusammenbleiben? Oder lässt du mich hängen? Dann weiß ich nicht, was passiert. Vielleicht passen wir doch nicht gut zusammen."

Eigentlich war ich mir noch gar nicht so sicher gewesen, was ich machen würde, aber nach dieser Aussage, oder sollte ich lieber sagen nach dieser Drohung, sah ich viel klarer. „Es tut mir Leid, Kassandra. Ich mag dich wirklich sehr, aber so geht das nicht. Ich bin einmal hereingefallen, das passiert mir nicht noch einmal. Du magst ja viel klüger sein, als ich, aber die Erfahrungen mit Mandy haben mich einiges gelehrt."

„Das heißt also, dass du mir nicht hilfst?"

„Das heißt, dass ich die Wohnung nicht beleihen möchte. Weißt du, als wir über den Wohnungskauf geredet haben hat Papa zu mir gesagt, es solle eine sichere Bleibe für mich sein. Wenn irgendetwas passiert, kann ich die Nebenkosten immer aufbringen, das hat er mir auch erklärt. Zudem haben er und Ulrike mir ihr Vertrauen geschenkt, als sie mir die Wohnung verkauft haben. Egal, ob wir verzankt sind oder nicht, dieses Vertrauen möchte ich nicht enttäuschen. Ich hab schon genug Mist gebaut. Ein Vorschlag: ich könnte mit dir zur Schuldnerberatung gehen. Ich würde dich in jeder Hinsicht unterstützen, auch finanziell. Bestimmt lässt sich eine vernünftige Lösung finden, mit der wir beide leben können." Ich atmete tief durch. Irgendwie fühlte ich mich total erleichtert, jetzt, wo ich zu einem Entschluss gekommen war. Zu einem richtigen

Entschluss! Kassandra stand wortlos auf, griff sich das Telefon und ging aus dem Raum.

***

Das Gespräch war einige Wochen her. Kassandra hatte nicht mehr über ihre Schulden gesprochen. Ein paar Mal war ich versucht sie zu fragen, ob sie meinen Vorschlag wegen der Schuldnerberatung überdacht hatte. Aber ich ließ es lieber, weil das nur zu weiterem Stress geführt hätte. Ansonsten verhielt sich Kassandra wie immer. Sie war nicht einmal besonders schlecht gelaunt. Das erstaunte mich, weil ich ihr doch massiv widersprochen hatte. Eigentlich hatte ich damit gerechnet, dass sie Schluss machen würde, aber davon konnte keine Rede sein.

Heute war Sonntag. Kassandra hatte, wie üblich, telefoniert und ich hockte vor meiner Konsole. Am Rande bekam ich zwar mit, dass sie ungewöhnlich viel herumkramte, dachte mir aber nichts dabei. Plötzlich klingelte es an der Haustür.

„Bleib sitzen, ich geh schon", rief Kassandra mir zu.

„Hallo, da bist du ja. Schneller als erwartet. Ich bin soweit, es kann losgehen", hörte ich sie mit einer Kleinmädchenstimme kichern. Das kam mir merkwürdig vor, denn so hatte ich sie noch nie reden hören. Also stand ich neugierig auf, um mir den Besucher anzuschauen. Vielleicht waren ihre Eltern überraschend aufgetaucht, aber das war Unsinn, sagte ich mir, weil sie bis vorhin mit ihrer Mutter telefoniert hatte. Kassandra und der unerwartete Besuch kamen mir schon entgegen. Wie vom Donner gerührt blieb ich stehen. Gernot, der Idiot, stand vor mir. Und nicht nur das, er grinste mich auch noch dümmlich an.

„Tja, Kumpel, so sieht man sich wieder", dröhnte er. „Erst hast du ihre Sachen von mir zu Hause abgeholt, jetzt ist es umgekehrt."

„Wie ... was ...", stammelte ich.

Kassandra tauchte auf. Sie war mit einem riesen Karton bepackt. „Gernot, jetzt steh hier nicht so 'rum. Hilf mir mal", mit diesen Worten gab sie den Karton an den Idioten weiter. „Die anderen Sachen sind dort hinten. Du kannst schon mal anfangen den Wagen vollzupacken. Ich muss hier noch was klären." Dann wandte sie sich an mich. „Mal ehrlich,

Tim. Es klappt nicht mit uns. Du liebst mich einfach nicht genug. Mit einem Mann, der nicht hinter mir steht, kann ich nichts anfangen. Das musst du verstehen. Ich muss tun, was ich tun muss."

Also wirklich! Diese Frau war zweiunddreißig Jahre alt und haute einen derart platten Satz heraus? Sie muss tun, was sie tun muss? Mehr fiel ihr nicht ein? Aber eigentlich hatte ich geahnt, dass sie weiterziehen würde. Also nickte ich. „Du gehst zurück zu deinem Mann?"

„Ja, sieht wohl so aus. Wir sind uns in der letzten Zeit ein paar Mal über den Weg gelaufen. Total zufällig. Na ja, und dann haben wir uns getroffen und haben uns ausgesprochen."

„Und er ist bereit, deine Schulden zu bezahlen?" Diesen Satz konnte ich mir nicht verkneifen. Kassandra antwortete nicht, denn Gernot kam, immer noch grinsend und ziemlich bepackt vorbei. „Jetzt kannst du mir aber mal helfen, Kassi. Schließlich sind es deine Sachen", schmalzte er und machte mit den Lippen eine Kussbewegung.

Kassi? Luftküsse? Das wurde immer schlimmer. Kassandra schien bei dem Idioten ganze

Arbeit geleistet zu haben. Sie wusste eben, wie sie einen Mann um den Finger wickeln konnte. Ein Glück, dass es ihr bei mir letztendlich nicht geglückt war. So setzte ich mich einfach auf einen Stuhl und schaute den beiden zu, wie sie Kassandras Sachen aus der Wohnung schafften. Schließlich hatten sie alles ausgeräumt.

„Bye, ich sage nicht mach's gut, Tim! Du hättest deine Chance wahrnehmen sollen. Jetzt sieh mal zu, wie du klarkommst." Mit einem Winken und einem gehässigen Blick verabschiedete sich meine Mitbewohnerin und Freundin.

Gernot kam noch einmal zu mir. „Hör mal, Kumpel. Nichts für ungut", sagte er ernst. „Sie ist halt so. Ist nicht das erste Mal, dass sie mir abgehauen ist. Aber sie kommt immer wieder zurück. Vielleicht ist es ganz gut für dich, dass du sie los bist. Glaub mir, es ist nicht einfach mit ihr." Er zuckte hilflos mit den Schultern. „Aber was soll ich machen. Ich liebe sie."

„Na dann, viel Glück", murmelte ich, als Gernot, der wohl gar nicht so ein Idiot war, die Tür hinter sich zugezogen hatte.

„Dir ist aber schon klar, warum die Dame im Supermarkt entlassen worden ist", klärte Papa mich auf, obwohl ich eigentlich gar nicht aufgeklärt werden wollte. „Sie hat gestohlen. Das pfeifen die Spatzen von den Dächern. Tut mir leid, Tim, aber das muss ich dir einfach sagen. Auch das linke Ding mit der Wohnung, das sie mit dir abziehen wollte! Wahrscheinlich wollte ihr Vater sich auch noch auf deine Kosten bereichern. Junge, ich bin froh, dass du rechtzeitig erkannt hast, was das für eine falsche Person ist. Das nächste Mal bist du aber wirklich vorsichtiger." Papa machte eine Pause. Dann schlug er mir grinsend auf die Schulter. „Weißt du, Mandy hat deine Möbel mitgenommen. Kassandra wollte dir die Wohnung abluchsen. Die nächste Tussi versucht deine Organe in Darknet zu verhökern, fürchte ich." „Thomas, jetzt hör aber mal auf! Was redest du denn da? Sie ist weg und Tim hat damit genug zu tun", sagte Ulrike.

Ich winkte ab. „Ist schon gut. Papa hat ja Recht. Ich bin ganz schön blöd gewesen."

Nachdem Kassandra ausgezogen war, ging alles ganz geschmeidig. Papa war zu mir gekommen und wir hatten uns lange unterhalten.

Dabei stellte ich fest, dass er gar nicht besonders sauer auf mich war. Im Gegenteil war er genauso hilflos wie ich und hatte Angst davor, dass wir uns noch viel schlimmer zanken würden. Ulrike hatte sowieso öfter gesagt, dass er mit mir reden solle, wollte aber ohne ihn nichts unternehmen. Wenn ich das gewusst hätte, dann wäre ich schon lange vorher zu den beiden gegangen, um unseren Streit aus der Welt zu schaffen. Ich nahm mir für das nächste Mal vor, mich einfach zu trauen. Am Ende des Gesprächs jedenfalls war wieder alles in Ordnung.

Die nächsten Wochen waren ziemlich deprimierend. Ständig rief meine Mutter an und versuchte mich davon zu überzeugen, Kassandra zurückzuholen. Als wenn das gegangen wäre, wo sie wieder bei ihrem Mann war! Im Grunde war ich ja auch froh, dass ich sie los war. Aber das verstand meine Mutter nicht. Sie hatte mit meiner ehemaligen Mitbewohnerin und Freundin telefoniert und die hatte ihr eingeredet, dass ich allein an unserer Trennung Schuld war. Wobei sie wohlweißlich nichts von ihren Schulden erzählte. Schließlich ging ich nicht mehr ans Telefon, wenn die

Telefonnummer meiner Mutter im Display erschien. Die Wohnungstür öffnete ich grundsätzlich erst, nachdem ich durch den Spion gecheckt hatte, wer davor stand. Erstaunlicherweise gab meine Mutter es nach einiger Zeit auf, mir auf den Geist zugehen. Vielleicht hatte sie endlich einmal verstanden, dass ich einfach meine Ruhe wollte. Von mir aus konnte das gern so bleiben.

***

Kassandra hatte ich verloren, jemand anderes hingegen wieder gefunden. Goofy, mein alter Kumpel war mir zufällig über den Weg gelaufen.

Ich hatte mir ein neues Spiel kaufen wollen, von dem ich schon den ersten Teil durchgespielt hatte. ‚Vampire: The Masquerade-Bloodlines' sollte es sein, dass passte hervorragend zu meiner gegenwärtigen Stimmung. Ich stand im Laden und schaute mir das Cover an, als ich eine bekannte Stimme hörte: „Da sind aber ziemlich viele Fehler drin. Dafür ist die Inszenierung total klasse." Verblüfft schaute ich auf. „Das glaub' ich jetzt aber nicht! Goofy. Bro, ist das schön dich zu sehen."

„Hi bro. Du siehst voll Scheiße aus", grinste mein Freund mich an. „Wieder Ärger mit dem Weibern, oder was."

„Woher weißt du das?", fragte ich verblüfft. Hatte sich die Trennung von Kassandra etwa herumgesprochen?

„Ist doch klar. Du fällst immer auf die gleichen Torten rein. Immer auf die, die dich verarschen. Mandy ist ja wohl schon lange abgehauen, was. Das Miststück. Ich war ganz schön sauer, auch auf dich, aber Schwamm drüber."

„Eben, Miststücke allesamt!" Ich hieb meinem Freund auf die Schulter. „Ist das schön, dass wir uns mal treffen. Es tut mir total leid, was da mit Mandy und dir abgegangen ist. Ich wollte immer mit dir reden, echt. Überhaupt kannst du dir nicht vorstellen, was sie getan hat ..."

„Pass auf, bro. Das wird sicher ne längere Geschichte. Willst du das Spiel echt kaufen? Okay. Ich habe Zeit. Wenn du nichts Besseres zu tun hast, dann komme ich mit zu dir. Wir zocken und dabei erzählst du mir, was bei dir so abgegangen ist."

Das hatten wir so gemacht. Ich hatte das Spiel gekauft und ein paar Dosen Cola. Goofy erstand eine Flasche Korn. Damit bewaffnet waren wir zu mir gefahren und hatten die ganze Nacht gequatscht und gezockt. Nachdem wir Mandys miese Attacke aus der Welt geschafft hatten, war es zwischen Goofy und mir wieder in Butter. Wir konnten beide nicht verstehen, dass wir derart krass aus den Augen verloren hatten.

Er hing auch gerade bei mir ab, als sich Kassandra wieder blicken ließ. Ich hatte, als es läutete nichts ahnen die Wohnungstür geöffnet. Dieses Mal ohne durch den Spion zu gucken. Zu meinem Erstaunen stand ich Kassandra gegenüber. Sie schlenderte einfach locker an mir vorbei ins Wohnzimmer, sah sich um, musterte Goofy. „Hallo, wer bist du?" Mein Kumpel bekam große Augen und sprang auf. „Ich bin ein Freund von Tim. Willst du was trinken? Cola? Bier?" Er musterte Kassandra lüstern.

Sie grinste ihn wissend an. „Ne, lass mal. Ich muss im Moment darauf achten was ich esse und trinke." Mit einer fließenden Bewegung strich sie sich über den Bauch, der ziemlich rund war.

„Du bist doch nicht etwa ...", stammelte ich fassungslos.

„Doch, bin ich!"

„Und ist es ..."

„Ja, es ist von dir. Gernot und ich haben uns endgültig getrennt. Er kommt so ziemlich mit allem klar, was ich mache, aber damit nicht. Mal ehrlich? Was kann ich dazu, wenn er eine taube Nuss ist und keine Kinder machen kann. Ist sein Problem."

Ich war wie vor den Kopf geschlagen. Kassandra war schwanger! Ich würde Papa werden! Wenn ihr Mann sie erneut ausgeschmissen hatte, könnte sie vielleicht wieder bei mir einziehen. Sie würde sich scheiden lassen und wir würden heiraten und eine richtige kleine Familie sein. Vielleicht würden wir noch ein Kind bekommen. ‚Halt', sagte eine innere Stimme. ‚Was soll der Quatsch. Sie wird dich immer wieder ausnutzen und wahrscheinlich sogar betrügen.' Also sah ich Kassandra abwartend an.

„Ich werde zurück nach Hause gehen. Mit meinem Vater habe ich einen Deal. Ich steige mit ins Bestattungsgeschäft ein. Vielleicht kann ich irgendwann sogar die Firma übernehmen, wer weiß. Es ist halt mein Traumberuf. Aber das Kind kann ich dabei nicht gebrauchen. Du musst es mir abnehmen."

„Was ist los? Du willst Tim ein Kind anhängen? Das glaube ich jetzt aber nicht!" Goofy war aus seiner kurzzeitigen Verwirrung erwacht. „Du musst erst mal beweisen, dass es von ihm ist."

„Ist schon gut, bro", fuhr ich dazwischen. „Wenn sie das sagt, dann ist es auch mein Kind. Daran will ich gar nicht in zweifeln. Wie stellst du dir das alles vor, Kassandra?"

„Na ja, ich bin jetzt in der vierundzwanzigsten Woche. Ich ziehe zu meinen Eltern und bekomme das Kind dort. Ich will es auf keinen Fall behalten. Das gehört zur Absprache mit meinem Vater. Meine Eltern wollen keine kleinen Kinder im Haus haben. Das passt nicht zum Geschäft. Du kannst dich entscheiden:

Entweder ich gebe es zur Adoption frei oder du nimmst es. Es wird übrigens ein Junge."

„Ja, also, klar nehme ich meinen Sohn. Das ist gar keine Frage." Natürlich stand es nicht für mich zur Debatte, mein Kind zur Adoption freizugeben. Wie das schon klang: zur Adoption freigeben - also wenn man einen Hund ins Tierheim bringen würde. Ich war mir noch nicht ganz klar, wie ich es Papa und Ulrike beibringen sollte, dass sie Großeltern wurden und dass wir bald ein Baby im Haus haben würden, aber irgendwie würde ich das schaffen.

Goofy sah mich kopfschüttelnd an und tippte sich an die Stirn. „Ich sag's doch, alles Miststücke", murmelte er.

Kassandra lachte laut auf. „Stimmt! Mehr habt ihr nicht verdient, ihr Knalltüten. Tim, du müsstest es mir allerdings schriftlich geben, dass du das Kind nimmst." Sie zog ein Schreiben aus ihrer Handtasche und hielt es mir unter die Nase. „Damit verpflichtest du dich, das Kind zu behalten."

Ich unterschrieb einfach, ohne mir irgendetwas durchzulesen. Das war mir alles egal. In meinem Kopf schwirrte es. Ich würde Vater werden! Ich würde einen Sohn haben!

„Okay." Sorgsam faltete Kassandra den Brief zusammen und verstaute ihn wieder. „Damit ist alles geregelt. Ich melde mich, wenn das Kind auf der Welt ist. Dann machen wir die Übergabe klar."

„Übergabe?", grunzte Goofy. „Wie bist du denn drauf?"

Kassandra grinste ihn an und verließ die Wohnung.

„Sie sieht zwar geil aus, selbst wenn sie schwanger ist, aber mit der möchte ich nichts zu tun haben, so abgebrüht, wie die ist", murmelte er fassungslos.

***

„Nein!"

„Doch, Papa!"

„Aber Tim, woher willst du denn wissen, ob das Kind von dir ist?"

Wieso fragten mich das alle Leute!

„Weil ich es eben weiß. Es ist hundertprozentig mein Sohn."

„Du könntest auf einem Vaterschaftstest bestehen. Dann hast du Klarheit."

„Papa!"

„Was immer du unterschrieben hast, ist bestimmt nicht rechtsgültig! Wir fechten das an."

„PAPA!!!"

„Du bist unbelehrbar und starrsinnig wie ein Maulesel!!!"

„Von wem er das wohl hat", grinste Ulrike.

„Stell du dich ruhig an seine Seite", grummelte Papa, aber schon deutlich leiser. „Wie soll das denn gehen? Die Dame kriegt das Kind, wahrscheinlich ist es nicht mal von dir, und lädt es hier ab. Gut und schön. Und dann? So ein Baby braucht Fürsorge. Man muss sich kümmern!"

„Na ja, ich wollte sowieso kürzer treten. Beruflich gesehen, meine ich", sagte Ulrike nachdenklich. „Darüber haben wir doch schon geredet, Thomas."

Ich hielt den Atem an, denn hier zeichnete sich eine echte Chance für meinen Sohn und mich ab.

„Ja, aber du solltest weniger arbeiten! Wenn du dich um das Kind kümmerst, dann arbeitest du im Grunde mehr", rief Papa hilflos aus. Er raufte sich tatsächlich die Haare, scheinbar wusste er nicht mehr weiter.

„Aber Thomas! Das ist doch keine Arbeit, sondern ein Vergnügen. Sicher wird es nicht leicht sein, aber ich traue mir das schon zu. Übrigens gehe ich davon aus, dass es Tims Kind ist. Willst du deinen Enkel wirklich von jemandem adoptieren lassen? Das kann ich mir nicht vorstellen.“

Papa hob die Arme. „Es ist nicht zu fassen. Ihr scheint euch wieder einmal einig zu sein. Ich werde mich mit Kassadras Eltern in Verbindung setzten. Wer weiß, ob sie das Kind überhaupt abgeben wird. Selbst wenn sie das Kind nicht haben will, kann ich mir nicht vorstellen, dass die Eltern es zulassen.“

Ulrike plinkerte mir zu. „Das ist in Ordnung. Aber falls das der Fall ist, kümmern wir uns um Tims Kind. Abgemacht?“

„Abgemacht“, rief ich freudestrahlend.

„Abgemacht“, knirschte Papa.

Epilog:

Das ist inzwischen über drei Jahre her. Tom ist ein aufgeweckter Junge, auf den ich sehr stolz bin. Er kapiert viele Sachen total schnell. Viel schneller, als es bei mir immer so war. Aber das ist ganz klar. Seine Geburt ist normal verlaufen. Er war nämlich ziemlich schnell aus dem Geburtskanal raus. Daran sieht man schon, wie clever er ist.

Kassandra hat darauf bestanden, ihn gleich nach der Geburt abzugeben. Sie wollte ihn gar nicht richtig anschauen. Auch ihre Eltern wollten den Kleinen nicht sehen. Das ist eine komische Familie! So haben Ulrike und ich und Papa uns gleich um Tom gekümmert. Das hat nach einer kleinen Eingewöhnungsfase gut geklappt.

Papa hat alles mit dem Jugendamt geregelt, damit es hinterher kein Theater gibt. Man kann ja nie wissen. Übrigens: Nachdem Papa Tom zum ersten Mal gesehen hatte, hat er nie wieder gesagt, dass der Kleine nicht mein Kind sein könnte. Im Gegenteil hat er behauptet, das Baby würde aussehen wie ich und auch wie er. Dabei kann man das auf Papas alten Babyfotos gar nicht so genau erkennen. Ulrike hat mild gelächelt und ihm einen Kuss gegeben.

Meine Mutter wollte sich anfangs gar nicht damit abfinden, dass sie Tom nicht in ihre Finger kriegt. Aber ich habe gar nicht lange mit ihr diskutiert, sondern sie vor die Wahl gestellt: Entweder sie bekommt meinen Jungen gar nicht zu Gesicht, oder sie fügt sich. Erstaunlicherweise hat sie ziemlich schnell klein bei gegeben. Das lag wohl daran, dass sie gemerkt hat, wie ernst es mir war.

Noch etwas ist passiert:

Vor ein paar Wochen wollten Goofy und ich ins Kino gehen. Weil noch genug Zeit war, bestellten wir uns etwas zu trinken und stellte uns im Foyer an einen Stehtisch.

„Hey, schau mal", grinste Goofy. „Die Torte dort drüben müsste doch deine Kragenweite sein."

Schnell riskierte ich einen Blick und erstarrte, denn die kleine Rothaarige am Nebentisch erinnerte mich an jemanden.

Jetzt hatte sie meinen Blick bemerkt. Sie drehte sich ganz zu mir um, zögerte einen Augenblick, dann flüsterte sie ihrer Freundin etwas zu und kam zu uns hinüber. „Hallo Tim, lange nicht gesehen", sagte sie locker, obwohl ich ihr anmerkte, dass sie so locker gar nicht war. „Hallo Ann Kristin", erwiderte ich und wusste plötzlich nicht wohin mit meinem Händen. Schnell nahm ich mein Glas und trank einen Schluck Cola.

„Ich habe dich gleich erkannt", rettete mich Goofy. „Stell dich doch zu uns und hol deine Freundin rüber. Sie guckt schon ganz frustriert."

Ann Kristin lachte laut auf. Dann winkte sie ihrer Freundin, die tatsächlich zu uns kam. Goofy nahm sie direkt in Beschlag und bald unterhielten sich die beiden angeregt.

„Was schaut ihr euch für einen Film an?", fragte ich.

Ann Kristin lächelte, was immer noch sehr süß aussah. „Ich glaube, ich habe gerade ein Déjà-vu. Wir schauen uns ‚Juno' an. Der Film ist in den USA der Renner. Bin ganz gespannt darauf. Lass mich raten, welchen Film ihr euch ausgesucht habt. Doch bestimmt ‚Stirb langsam 4.0', richtig?"

„Treffer", jetzt musste auch ich lächeln. „Weißt du, mit dir würde ich mir sogar ‚Juno' anschauen", setzte ich hinzu.

Ann Kristin schaute mir tief in die Augen. „Sei vorsichtig, sonst nehme ich dich beim Wort."

Ich guckte sie aufmerksam an, aber sie schien das ernst zu meinen. „Als ich dich das letzte Mal gesehen habe, wolltest du heiraten. Du warst ..."

„... schwanger", ergänzte sie. „ich habe eine Tochter bekommen, Frida. Sie ist das Beste, was mir je passiert ist. Oh ja, ich habe geheiratet, was sich als Fehler erwiesen hat. Inzwischen bin ich geschieden. Was ist mit dir?"

Ich schüttelte energisch den Kopf. „Nicht verheiratet, nicht geschieden, im Moment keine Beziehung. Aber ich habe einen Sohn, Tom. Er lebt bei mir und ich kann mich dir nur anschließen. Er ist das Beste ..."

Goofy gab mir einen Rippenstoß. „Es geht los, Bro. Vielleicht könnt ihr die Handynummern austauschen, oder so. Wäre doch schade, wenn ihr euch wieder ein paar Jahre nicht seht."

„Hallo, hier ist der Typ aus dem Kino. Erinnerst du dich noch?"

„Tim. Schön, dass du dich so schnell meldest. Hat dir der Film gestern gefallen?"

„War ganz okay. Bruce Willis halt. Und du? Hast du deinen Film gut gefunden?"

„War ganz okay."

Schweigen.

„Hallo Tim, bist du noch dran?"

„Ich bin hier, Ann Kristin."

„Ja, ich weiß, Tim. Irgendwie warst du immer da. Es ist schade um die verlorene Zeit."

„Vielleicht lässt sie sich nachholen. Ich habe schon seit längerem eine eigene Wohnung. Ich könnte dich also zu mir einladen. Vielleicht kommst du mit Frida? Dann kann ich sie gleich kennenlernen. Tom würde sich freuen."

„Okay, dann kann ich gleich Tom kennenlernen. Frida würde ihn bestimmt mögen."

„Oder wir gehen zu viert in den Zoo?"

„Das ist eine gute Idee. Weißt du was, wir kommen bei Tom und dir vorbei und holen euch ab. Ich habe nämlich inzwischen den Führerschein. Und ich weiß endlich was ich will."

„Ich auch!"

Dies ist ein fiktives Werk. Die Handlung ist frei erfunden. Sich zu fragen ob die Geschichte auf Ereignissen in der Wirklichkeit beruht, kommt weder der Story, noch ihren Lesern zugute. Derartige Versuche sind der Idee, dass erfundene Geschichten Bedeutung haben nicht förderlich. Dabei ist gerade diese Idee eine Grundlage unserer Spezies - mehr oder weniger ...

Zitat aus dem Roman ‚Das Schicksal ist ein mieser Verräter' von John Green, dem ich mich gern anschließe, denn auch meine Geschichte ist frei erfunden.

Angie Pfeiffer, wurde 1955 in Gelsenkirchen geboren. Sie schreibt Unterhaltungsliteratur in Form von Romanen und Kurzgeschichten für Erwachsene sowie Kinderbücher. Sie hat Romane, E-Books und zahlreiche Kurzgeschichten in Anthologien, Literaturzeitschriften und der Tagespresse veröffentlicht.

Home: angie-pfeiffer.com

Weitere Bücher:

Romane:

Leben Lernen

Elisa wächst in den 60er und 70er Jahren im Herzen des Ruhrgebiets auf.
Bald schon merkt sie, dass ihre Familie anders ist, als das bürgerliche Umfeld. Während ihr Vater eine verrückte Geschäftsidee nach der anderen produziert und damit die Familie regelmäßig in den Ruin treibt, tyrannisiert die Mutter alle mit ihrem nicht feststellbaren Herzfehler. So muss sich Elisa ihren Platz in der Welt hart erkämpfen und sich in der Ausbildung und im täglichen Leben behaupten, was oft gar nicht so einfach ist. Schließlich lernt sie Alfred „Freddy" Gimpel kennen. Obwohl er alles andere als ein Traumprinz ist, heiraten die beiden. Was Elisa nun mit Freddys merkwürdiger Familie erlebt, spottet jeder Beschreibung und versetzt selbst ihre hart gesottenen Eltern in Erstaunen.

Schonungslos, ehrlich und mit viel Humor erzählt Angie Pfeiffer eine ungewöhnliche Geschichte aus dem Ruhrgebiet.
„Leben lernen" ist ein Roman über Macker und Tussis, Döppken und Blagen, Hallas und Halligalli, Fissematenten, Sperenzkes, und ein ganz schönes Schlamassel.

Ruhrpottklüngel
Kindheit und Jugend im Herzen des Ruhrgebiets

Ruhrpott Pärchen
Der zweite Teil der Ruhrpottsaga erzählt von Leben und Lieben zwischen Emscher und Rhein-Herne-Kanal.

Ruhrpottherzen
Im dritten Teil der Ruhrpottsaga geht es turbulent zu.

Ruhrpottabschied
Dier vierte und letzte Teil der Ruhrpottsaga erzählt mit Herz und Humor, was frau erleben kann, wenn sie sich auf die Männersuche per Internet begibt.

@Mailverkehr
Sonntagabend: Pattie, alleinerziehende Mutter von zwei Teenagern, langweilt sich schrecklich. So zappt sie durchs Internet und gerät durch Zufall an einen interessanten Eintrag: „Do you like Pina Colada", schreibt Tommy. Nun ja, der Drink ist ihr herzlich egal, doch Tommy klingt einfach nett und so antwortet Pattie ihm. Es entwickelt sich ein reger E Mail Verkehr.

Liebe Online
Nur als E-Book erhältlich

Ilka möchte sich neu verlieben. Zusammen mit ihrer besten Freundin Irene gibt sie eine virtuelle Kontaktanzeige auf und bekommt eine Menge Angebote jeder Art. Gleichzeitig versuchen die Schwestern Gabi und Gilla einen Mann auf die herkömmliche Weise kennenzulernen. Das kann nur zu Verwicklungen und komischen Situationen führen. Werden die Freundinnen ihren Mr. Right finden?

Dackel Murphys Abenteuer

Dackeljunge Murphy hat es wirklich nicht leicht: Kaum hat er seine neue Familie gefunden, versucht die vornehme Dackeldame Jeany ihm Manieren beizubringen. Nicht genug damit stöbert er eines Abends ein junges Kätzchen auf. Lisa wird ein neues Familienmitglied und bringt den Haushalt ganz schön durcheinander. Anschließend zieht nebenan auch noch Idefix ein. Nicht nur, dass dieser Hund größer ist als der Dackel - er hat auch noch viele längere Ohren und ist deshalb bei den Weibchen heiß begehrt. Doch wenn Murphy gedacht hat, er würde nach all der Aufregung endlich einmal seine Ruhe haben, so irrt er sich gewaltig, denn jetzt kommt Emma….

Ein Dackel namens Murphy

Ein Roman für Dackelfans, Hundefreunde, Katzenliebhaber und tierliebe Menschen.

Kurzgeschichten

Wie lange ist für immer?
Liebe hat viele Facetten. Sie kommt humorvoll daher oder als Drama und ist oft ist mit einem gewissen Prickeln verbunden. Sie lässt uns Luftschlösser bauen und Herz auf Schmerz reimen. Wir starren stundenlang auf unser Handy, führen endlose Ferngespräche, leiden unter permanentem Schlafentzug, sind nicht zurechnungsfähig. Alles aus Liebe, die uns ein bisschen verrückt werden lässt. Immer wieder und immer wieder aufs Neue. Romantisch, komisch, tragisch, lustig, gefühlvoll oder hart an der Grenze, Angie Pfeiffer erzählt 30 Kurzgeschichten rund um das Ver - und Entlieben.

Liebesbriefe
Lustig, traurig, skuril und nachdenklich - in diesem Buch sind Liebesbriefe für ganz besondere Menschen.

Insel über dem Wind
Selbst eine perfekt organisierte Reise birgt immer noch ein Restrisiko. Aber gerade diese Unwägbarkeiten machen den Urlaub zu einem unvergesslichen Erlebnis. Und wenn etwas richtig schief geht, so kann man spätestens zu Hause darüber lachen. Ob China oder Manchester, Nashville oder Texel, Kanada oder der Schwarzwald, hier sind spannende, wissenswerte und amüsante Geschichten rund um das Verreisen.

Lustig bei heiter

22 Geschichten, die zum Schmunzelt, Lächeln und Lachen verleiten. Geschichten über fast normale, skurrile, verrückte oder fantastische Situationen, die nur selten so enden, wie man es zunächst vermutet.

Das Buch des Lebens

Gedichte, Gedanken, kurze Texte

Das Leben schreibt die unglaublichsten Geschichten. In diesem Buch sind lustige, amüsante, fröhliche, liebevolle, nachdenkliche, melancholische und schräge Gedichte und Kurzgeschichten, die Angie Pfeiffer kurz und knapp auf den Punkt gebracht hat.

Menschen(s)kinder

Familie, Kinderglück, das ist ein Quell steter Freude. Kinder sind niedlich, immer ehrlich und quicklebendig. Sicherlich stimmt das alles, aber gleichzeitig ist das Leben mit Kindern chaotisch, komisch und nicht immer ganz einfach.

Mit Herz, Humor und einem Schuss Selbstironie erzählt Angie Pfeiffer Geschichten über große und kleine Kindern. Von großer Freude und kleinen Kümmernissen. Von mittleren Katastrophen und bewegenden Momenten.

Küsse niemals einen Frosch

14 zauberhafte Märchen

Sieben Leben

Spannung, überraschende Wendungen und eine anständige Prise Humor sind charakteristisch für diese 25 Kurzgeschichten.

Ob Krimi oder fantastische Erzählung - nie entwickeln sich die Dinge so wie erwartet. Überall lauern bitterböse Pointen, die den Leser eiskalt erwischen.

Heiter bis lustig

Geschichten von der Literaturtheke
Die Literaturtheke ist ein kleines, aber feines Literaturforum.
Angie Pfeiffer, Dilettant und Robin Royhs gehören zu den Gründungsmitgliedern. In diesem Buch gibt es eine kleine Auswahl an Shortstories - eben von der Literaturtheke.
http://www.literaturtheke.de